LIBRO III

EL REINO ANTES DEL REINO

Gastón R. Nagel

Texto 2025
Todos los derechos reservados
ISBN: 9798262748006

Autor: Gastón Ramiro Nagel
Editor:
© 2025 M.A.M. Editorial
© 2025 Miguel A. Morra

Índice

La Luz de Nuestros Ancestros

✦ El Reino Antes del Reino ✦

Crónica Previa a "El Reino de las Cuatro Torres"

Capítulo I – Fragmentación del Norte

Durante años, las tierras del norte del continente —núcleo del antaño poderoso Reino del Valle del Mediodía— fueron vastas y fértiles. Cubiertas por bosques espesos, campos de pastoreo y pueblos humildes que compartían el pan y el consejo bajo cielos limpios. Había riqueza sin codicia, orden sin tiranía, poder sin soberbia. Aunque no existía un trono erigido para cada región, un espíritu común mantenía unidas las regiones bajo la corona del Rey Belmuth, monarca venerado por sabios y campesinos por igual. Pero todo hilo se desgasta si no se renueva con cuidado. Y eso fue lo que ocurrió.

Tras la muerte de Belmuth, sin herederos en edad de gobernar —pues el joven Fendrick, apenas un niño con la mirada aún prendida a los juegos del jardín, no podía aún ceñirse a la corona—, el tejido del reino comenzó a resquebrajarse. Las tres grandes regiones del norte —Angros, Ravendor y Zelmira— entraron en disputa. Los regentes se acusaron mutuamente de conspiración. Los caudillos, de traición. Y la vieja unidad se volvió campo de lucha larvada, bajo promesas de fidelidad vacías y ambiciones cada vez más voraces.

La fragmentación se propagó como una grieta en la piedra que, sin hacer ruido, la erosiona silenciosamente hasta quebrarla en partes.

La antigua alianza de clanes menores, que alguna vez reguló los caminos, las cosechas y los juicios locales, se quebró tras la caída del poder central. Lo que antes era cooperación se tornó sospecha. Lo que era pacto se volvió frontera. Comenzaron a surgir estandartes sin historia, clanes improvisados que reclamaban tierras ajenas en nombre de linajes inventados y gestas que jamás ocurrieron. Algunos buscaron imponer su autoridad con la espada; otros vendieron su poder a extranjeros a cambio de protección, y todos sin norte fijo sucumbieron al descontrol.

Y en ese contexto, el invierno llegó más pronto aquel año, como si la misma tierra rechazara la podredumbre de sus moradores. Hubo aldeas que se vaciaron sin dejar rastro. Otras ardieron por rivalidades absurdas. Los caminos fueron abandonados. El eco de los carros comerciales dio paso al silencio de los bosques cerrados y a las rutas de la desconfianza.

Muchos comenzaron a decir que el norte estaba maldito, que su tiempo había pasado. Que sólo Nareth, al sur de las Colinas de Ordenia —más ordenado, más joven, aún fértil— podría ofrecer refugio. Pero algunos sabían que no era una maldición, sino una consecuencia. La factura inevitable de la desunión, de la ambición sin propósito, del olvido de lo común.

Fue así como centenares de familias huyeron de Angros, de Ravendor, de Zelmira. Cruzaron los pasos bajos y las rutas olvidadas que llevaban a Nareth, esa tierra sin nombre formal aún, formada por comunidades dispersas, pastores solitarios y pequeños valles donde la tradición sobrevivía sin fastos ni estandartes. Era el confín meridional del viejo Reino del Valle del Mediodía, pero ahora era también su refugio más firme, un páramo discreto y callado para quienes buscaban volver a echar raíces.

En medio de esa convulsión, emergieron dos casas singulares sobre la austral región de Nareth: una en las colinas suaves del este, otra en las llanuras del oeste. La Casa de Árgenor, arraigada en el saber de la tierra y en el cuidado paciente de bestias y cultivos.

La Casa de Fravién, noble por su labor incansable junto al pueblo, tanto en la administración como en la ayuda solidaria. Aún no se conocían. Pero el tiempo, que a veces disgrega, también sabe unir a quienes están llamados a restaurar lo quebrado. Y fue en Nareth, tierra joven pero firme, donde comenzó a latir la semilla de algo nuevo.

Máxima:
"Donde la unidad se rompe, la historia llama a quienes saben sembrar con paciencia lo que otros destruyeron con prisa."

Capítulo II – Los Pilares de Nareth

Primera Parte: La Casa en Veyra

En las praderas extensas de Lavial, bajo el tenue resplandor que despedía la taberna *Las Tres Lunas*, Árgenor desplegaba mapas y trazos antiguos, casi olvidados por el paso del tiempo. La tinta desvaída y las líneas torcidas ocultaban secretos que solo alguien con paciencia podía atisbar. Fue entonces cuando una voz suave y decidida interrumpió su concentración. Severyna, con sus ojos intensos y un cuaderno bajo el brazo, se acercó y reconoció símbolos que él apenas empezaba a descifrar.

Juntos encendieron una vela y, en la danza de sombras y luces, comenzó una conversación silenciosa y profunda, una alianza nacida entre el papel y la mirada que sellaría un destino más grande que ellos mismos.

Hubo un tiempo en que Árgenor y Severyna no compartían techo, pero sí una mirada que poco a poco se fue haciendo espacio en sus días. Se cruzaban en los pasillos donde el saber se entregaba sin precio y, otras veces, se sentaban bajo la misma luz oblicua de la tarde, cuando las palabras sobraban y bastaba la compañía.

El afecto entre ellos no fue súbito ni ruidoso: se gestó como raíces que avanzan bajo la tierra, silenciosas y constantes, hasta que un día, sin aviso, florecieron.

Árgenor, con sus manos ásperas de quien trabaja la tierra y el cuerpo, y un corazón templado por la escucha paciente, hallaba en Severyna un enigma que no deseaba resolver, sino habitar. Severyna, con su inteligencia serena y su alma de archivo viviente, veía en él un conocimiento que no cabía en papiros ni tratados: una sabiduría hecha de tacto y compasión.

Entre ellos se tejió una armonía sin partitura: el arte delicado de entenderse sin interrumpirse.

Un día, Árgenor la invitó a conocer las tierras del oeste. —Allí el cielo parece no terminar nunca —le dijo—, y los animales no temen a los hombres.

Viajaron sin prisa, caminando y cabalgando hasta alcanzar esas llanuras suaves, cubiertas por pastos que brillaban al amanecer. Era una zona ideal para el cultivo, a orillas del Teryandel, cuya bruma nocturna cubría sus pasturas como un manto protector. Se conocía como Las Tierras de Veyra, un rincón apartado de toda jurisdicción formal, bendecido por la fertilidad del suelo y la paz del horizonte.

Pocos hombres echaban raíces allí; muchos pasaban, pero no se quedaban.

Cuando Severyna se detuvo frente a un algarrobo centenario y apoyó la mano sobre su corteza rugosa, Árgenor supo que esa escena no se repetiría en ningún otro sitio.

No se hablaron de amor. Pero sí comenzaron a hablar de sombra, de agua, de abrigo. De cómo levantar un refugio que no fuera prisión. De cómo convivir sin poseerse.

Y así, como quien traza un mapa antes de emprender el viaje, decidieron quedarse. Fue allí donde sembraron, no solo en la tierra, sino en el tiempo.

La casa que luego nacería fue el fruto visible de ese pacto invisible.

Nadie entonces lo sospechaba, pero en ese acto aparentemente simple de elegir juntos una tierra para compartir la vida, se plantó la semilla. Porque donde hay alianza libre, respeto mutuo y amor que no pretende domesticar, siempre brota algo que supera lo individual.

No hubo promesas pronunciadas ni ceremonias visibles. Solo un día Severyna llegó con sus papeles envueltos en lino y los fue colocando, uno a uno, en el estante más alto del único mueble que había. Árgenor no dijo nada, pero esa noche abrió una botella de vino claro y sirvió en dos copas desiguales.

Ninguno brindó. Solo bebieron, como quien reconoce el inicio de algo que no necesita nombre.

La casa comenzó como una choza con techo de paja y olor a madera recién cortada, pero contaba con ventanas anchas —porque Severyna exigía luz para leer— y una galería de sombra —porque Árgenor decía que ningún animal debía morir al sol del mediodía.

Los muebles llegaron de a poco: una mesa robusta donde cabían desde papiros hasta alforjas, una cama sin ruidos, y un poste sencillo donde él dejaba su capa y ella colgaba sus velos. Las cosas no se imponían: se ofrecían.

Algunos días, Severyna barría con movimientos lentos, casi rituales, mientras él se agachaba a revisar una gallina coja o preparaba un ungüento espeso con raíces secas.

La tierra era buena, lo sabían por cómo crecían los tomates y por el modo en que el perro dormía al sol sin sobresaltos.

No hablaban mucho, pero entre ellos había un acuerdo tácito: Severyna no interfería cuando Árgenor salía a mitad de la noche por un caballo herido; él, a su vez, no preguntaba cuando ella pasaba horas encerrada traduciendo símbolos que ya nadie usaba.

Compartían el pan, una infusión de hierbas al amanecer, y a veces un gesto fugaz de ternura disfrazado de ironía. Y los días se hicieron estaciones, y las estaciones, años. No hubo rupturas ni grandilocuencias, solo la fidelidad diaria a un modo de estar juntos.

Los vecinos empezaron a decir "la casa de Árgenor y Severyna", como si fuera un solo nombre. Nadie sabía bien quién había llegado primero, ni importaba. Desde ese rincón del oeste brotaban curas para el cuerpo y palabras para la mente. Si uno se acercaba con respeto, tal vez recibía una infusión, un consejo o un silencio compartido. Con el tiempo, aquel refugio fue conocido como la casa Arké: la casa del saber ancestral, donde lo curativo y lo simbólico se entrelazaban como raíces antiguas bajo un mismo techo.

El primer hijo llegó cuando las parras empezaban a enroscarse en los pilares de la galería. Árgenor plantó un naranjo el mismo día, sin decir por qué.

Severyna, en cambio, no escribió nada al respecto durante semanas, hasta que una tarde anotó en un margen de su manuscrito:
"La vida crece donde dos cuidan lo que no entienden del todo."

Álendir fue creciendo con una quietud atenta, como si el mundo le susurrara desde tierras lejanas. Guardaba una brújula que un viajero le había regalado, pero no señalaba el norte: giraba como siguiendo el viento. A veces se internaba en el monte, brújula en mano, y desaparecía por horas. No se perdía; buscaba. Como quien sigue una pregunta que lo impulsa a ir más allá del horizonte.

Después vinieron los otros: Roderic, con su calma inquieta, que pasaba horas observando los caminos que conducían al Norte, con un tablero a cuestas, como si aguardara el momento justo para partir. Le atraían las historias de hazañas y epopeyas de caballeros que salvaban el día, pero más aún los silencios entre línea y línea, y las posiciones inciertas de una partida reñida, como si allí se escondiera el verdadero valor.

Y Valiréa, que aprendió a caminar entre libros y gallinas. Desde niña, le fascinaban los textos antiguos que su madre leía, como si la sumergieran en la historia misma; aquellas lenguas ancestrales que mezclaban poesía y mito le abrieron un mundo invisible, donde cada palabra era un puente hacia tiempos olvidados.

Ninguno heredó por completo a uno solo: eran mezcla, cruce, azar bendecido por una ternura no dicha.

Con los años, la casa ya no fue solo una casa. Era la forma en que respiraban juntos. Cada piedra en su sitio, cada sombra cuidada.

Y aunque los vientos de la historia se llevaron muchas cosas, nadie pudo derribar esa primera certeza: que lo más sólido había nacido de la conjunción entre una mujer que cuidaba palabras muertas y un hombre que salvaba animales vivos.

De su hogar nació una manera de sanar, de enseñar, de vivir... que con los años, otros llamarían reino.

Máxima:
"A veces, los cimientos de un reino no se alzan con piedra ni decreto, sino con el silencio compartido entre dos que saben cuidarse sin poseerse."

Fravién y Syrella se conocían desde chicos. Vivían en un pequeño poblado recostado sobre las laderas de las Montañas Suaves, donde las casas se alzaban con lo que hubiera a mano, y los días se contaban más por el clima que por el calendario. En ese lugar sin reyes ni torres, el tiempo pasaba sin prisa, y la vida era, simplemente, lo que tocaba.

Syrella había crecido rápido. Su madre, Thessira, llevaba años enferma, y ella había asumido casi todas las tareas del hogar. Cocinaba, lavaba, cuidaba a sus hermanos, y aun así encontraba momentos para coser o trenzarse el pelo. Tenía carácter, pero no era de hablar mucho; prefería resolver antes que explicar.

Fravién era algo mayor, y ya había logrado lo inusual: montar su propia panadería. No era grande ni tenía cartel, pero todos sabían que el pan de Fravién era el más rico, y que él era de fiar. De madrugada amasaba, y al amanecer recorría las calles con su canasto, vendiendo pan y charlando con los vecinos. Y fue así, llamando a una puerta más, que volvió a cruzarse con Syrella. Aunque se habían visto cientos de veces, esa mañana algo fue distinto.

Ella le compró dos panes y le ofreció una taza de agua. Hablaron poco, pero algo quedó flotando en ambos. A los días, Syrella lo invitó a cenar a su casa. Su madre dormía en una habitación al fondo, y sus hermanos, ruidosos y curiosos, no tardaron en tomarle confianza. Fravién trajo pan recién hecho y se quedó hasta tarde. Compartieron un guiso, rieron con anécdotas del barrio, y entre cucharones y bromas empezó a gestarse algo que ninguno nombró, pero que los dos entendieron.

Con el tiempo comenzaron a verse con más frecuencia. Fravién pasaba por la casa de Syrella aunque no tuviera pedido. Ella le apartaba algún plato, le mostraba lo que había cosido o simplemente lo dejaba quedarse en silencio. No se dijeron "te quiero" de entrada, ni se prometieron nada. Solo empezaron a andar juntos.

Cuando el poblado creció un poco y llegaron más viajeros, decidieron abrir una pequeña panadería con taberna en el mismo local donde Fravién horneaba. Él se encargaba del pan, del horno, de las cuentas; Syrella atendía a la gente, cocinaba algunas comidas simples, y entre pedido y pedido, cosía o cortaba el cabello a quien se lo pidiera. Se complementaban sin necesidad de ponerse de acuerdo. Las cosas salían, como el pan, por el trabajo constante y la levadura del afecto.

Una tarde, mientras sacaba del horno una tanda de hogazas, Fravién comentó, casi sin levantar la voz: —A veces pienso que si todos compartieran el pan como aquí, no harían falta ni reyes ni jueces.

Syrella lo miró de reojo, sonrió apenas, y siguió amasando sin decir nada. Pero esa frase quedó flotando en el aire, como el aroma del pan cuando aún está tibio.

El primer hijo que tuvieron fue Gavién, un niño despierto, sereno, de mirada atenta. Desde pequeño se quedaba observando a su padre amasar, o a su madre remendar una tela con la misma paciencia con la que preparaba una sopa. En lecturas como *La República* de Platón y *La Política* de Aristóteles halló un modo de pensar la justicia como equilibrio. Le fascinaban los diálogos donde Sócrates desarmaba ideas con el filo de la razón, como quien pule una piedra hasta revelar su forma verdadera. Con el tiempo, aprendió a escuchar incluso en el error, buscando siempre ese punto medio que sostiene a los reinos sin sofocar a los hombres.

Luego llegó Sybilla, apenas un par de años después: risueña, movediza, con una luz especial en los ojos. Syrella solía decir que era como una chispa en medio del trabajo: todo se volvía más liviano cuando Sybilla reía, o inventaba juegos para los clientes.

Un día, con apenas nueve años, se sentó junto a la ventana con una tablilla de madera y unas pinturas que un viajero había dejado como pago. Pasó horas en silencio, observando a una campesina de piel morena que recogía espigas en los campos cercanos. El sol doraba el trigo, y la figura de la joven, inclinada y serena, parecía formar parte del paisaje como una nota justa en una melodía.

Cuando terminó su obra, la llevó con timidez a su padre. Fravién no era hombre de palabras grandilocuentes, pero esa vez la abrazó con fuerza. Colgó el cuadro en la pared de la casa, justo sobre el estante de las hogazas.

Años después, cuando las Cuatro Torres se levantaron y los muros del reino empezaron a alzarse, aquella pintura viajó con Sybilla. Hoy adorna uno de los salones del palacio, y quienes la contemplan aseguran que, si uno se queda el tiempo suficiente, es posible oír el susurro del viento o ver cómo se mecen las espigas.

Solmir nació muchos años después, cuando Gavién ya ayudaba en el horno y Sybilla tejía pulseras con hilos de colores. Fue un hijo inesperado, sí, pero no por eso menos querido. A diferencia de sus hermanos, Solmir era más silencioso, más dado a observar que a hablar. Fravién lo llevaba con él a repartir pan, y aunque apenas caminaba, el niño parecía absorberlo todo. Syrella lo acunaba al caer la tarde, cantando bajito mientras remendaba un pantalón o preparaba un pastel.

Solmir —aún niño entonces— solía pasar las noches en el patio de su casa, contemplando el cielo con una fascinación callada. Hasta que un día, Sybilla le regaló un ajedrez. Desde entonces, comenzó a trazar constelaciones no solo en el firmamento, sino también sobre el tablero, como si cada pieza guardara el curso de una estrella.

Así fue creciendo esa familia: entre panes calientes, tijeras, telas y saludos de vecinos. No tenían riquezas, ni títulos, ni tierras propias, pero habían construido algo más firme que todo eso: una casa con olor a horno, calor de hogar y paredes que sabían escuchar.

Y aunque el Reino de las Cuatro Torres aún no existía, en aquel rincón de las Montañas Suaves ya se horneaban —sin saberlo— las primeras migas de una historia que dejaría huella.

Porque en esa casa se enseñaba sin libros, se guiaba sin tronos y se amaba sin promesas. Y quizás, solo quizás, allí comenzó a forjarse la clase de fuerza que, cuando el tiempo lo requiere, no se impone... sino que alimenta.

Máxima:
"Hay casas que no figuran en los mapas, pero son las que enseñan a sostener el mundo cuando los reinos tiemblan."

"La Cosecha Dorada"

Obra de Sybilla Captura la quietud y la belleza simple de una campesina recolectando el trigo bajo el sol dorado del mediodía. Símbolo de esperanza y sencillez.

"En cada espiga, el susurro del viento y la serenidad de un instante eterno."

Capítulo III – Consolidación de las Casas

Árgenor y Fravién, hombres de orígenes distintos, forjaron en su alianza no solo una amistad sino una fuerza que comenzaba a moldear el destino de aquel territorio aún sin nombre. Todo comenzó cuando Severyna, esposa de Árgenor, les mostró antiguos mapas y papiros que había traducido, revelando riquezas ocultas hacia el este: minas de hierro y vetas de oro bajo tierras apenas exploradas.

Con paciencia y erudición, Severyna abrió la puerta a un mundo de posibilidades. Árgenor, experto en el campo y la cría de animales, y Fravién, habilidoso en el comercio con contactos en poblados lejanos, unieron esfuerzos para iniciar la búsqueda.

Syrella, incansable, se convirtió en la pieza fundamental, sosteniendo al equipo con su cuidado, sus manos hábiles en la cocina, costura y peluquería, y su fuerza silenciosa que mantuvo la moral alta durante largas jornadas.

Los primeros hallazgos confirmaron las promesas: oro en vetas brillantes y hierro abundante para herramientas y armas. Fravién activó su red comercial, haciendo circular la riqueza por el territorio.

Con recursos en mano, comenzaron a adquirir tierras: la familia de Fravién consolidó su dominio sobre la Llanura del Alba y el Campo del Fénix, mientras Árgenor tomó posesión de las Tierras de Veyra y las Praderas de Lavial.

Cada extensión tenía un uso específico. Árgenor combinaba el laboreo de la tierra, la crianza de caballos y el arte de sanar bestias —pionero en la región gracias a manuscritos traducidos por Severyna—, y atrajo a campesinos y menestrales que veían en él un señor justo y sabio. Severyna, ya aliviada de penurias económicas, dedicaba su tiempo a la traducción de códices antiguos, abriendo la puerta a vínculos culturales y rutas de intercambio antes impensadas.

Fravién expandió la panadería que había levantado en las Montañas Suaves, transformándola en el centro de un comercio amplio. En Campo del Fénix y la Llanura del Alba cultivaba trigo para abastecer hornos y mercados. Desde las minas cercanas extraía minerales que cobraban estima en villas y aldeas, convirtiéndose en un intermediario justo y confiable.

La casa de Fravién y Syrella se volvió un centro social vital. Mientras Fravién manejaba el comercio, Syrella tejía redes de confianza entre vecinos y visitantes con su talento para la costura y la peluquería. Su hogar, siempre abierto, era refugio de historias, consejos y solidaridad.

Sin embargo, la consolidación enfrentó obstáculos. La servidumbre generaba desconfianza, bandas saqueaban caravanas y disputas territoriales exigían prudencia y firmeza para mantener la paz. En más de una ocasión, el consejo de Severyna y el temple de Syrella fueron decisivos para apaciguar tensiones y evitar conflictos.

En largas conversaciones, comprendieron que el poder económico era un llamado a la responsabilidad. No bastaba acumular riquezas: debían formar un frente unido para proteger a su gente de amenazas externas. Así nacieron las primeras alianzas formales, la semilla de un consejo para el bienestar común.

El liderazgo comenzó a definirse no como posesión, sino como servicio y compromiso. Por haber sostenido con sus cuadrillas a los poblados hambrientos en tiempos de escasez, por haber abierto rutas de abastecimiento y ofrecido refugio sin exigir tributo, el reino les concedió a ambas casas un título nobiliario honorífico. Desde entonces, fueron conocidos como los Nobles de Toga.

La decisión, sin embargo, no fue del agrado de todos. Algunas casas tradicionales y miembros de la propia corte vieron con desdén aquella distinción otorgada a familias sin linaje aristocrático. Aun así, guardaron silencio. El peso de los hechos hablaba por sí solo: sin la labor de Árgenor y Fravién, muchas aldeas habrían perecido.

Pero más allá del título, nunca juraron fidelidad a la corona. Su lealtad estaba con la gente que habían ayudado a levantar, con la tierra que habían hecho fértil a fuerza de trabajo, y con un principio tácito que los guiaba: que el poder solo vale si se usa para proteger, no para someter.

En esas tierras en formación, donde montañas y valles resonaban con nuevas esperanzas, Árgenor, Severyna, Fravién y Syrella edificaban los cimientos de un futuro basado en el trabajo, el conocimiento, el respeto y la unión de sus habitantes.

Máxima:
"La verdadera riqueza no es la que se guarda en cofres, sino la que se comparte en la mesa, se cultiva en la tierra y se honra con la palabra dada."

Capítulo IV – Reino Naciente

Primera Parte: La Asamblea de Nareth

La nieve comenzaba a derretirse en las cornisas de piedra caída, y los primeros escurrimientos de primavera humedecían las losas agrietadas del suelo. Allí, donde el musgo trepaba sin resistencia y la hiedra cubría fragmentos de antiguos muros, se alzaban los vestigios de una vieja construcción, sin nombre ni emblema.

Había sido, en tiempos remotos, un puesto de aprovisionamiento y resguardo para viajeros y soldados que recorrían los antiguos caminos del Reino. Su ubicación, en plena llanura, respondía a una lógica estratégica: era un punto de paso entre las rutas que unían Telmar, Velhoria, Ardoria y Nareth, antes de que las fronteras se endurecieran y, con el tiempo, se olvidaran.

Hoy quedaban solo restos: una sala parcialmente techada, columnas vencidas por el tiempo, un aljibe seco en el centro del patio, y un muro en pie que resistía como si aún guardara los ecos de una guardia extinguida. Nadie lo había habitado en décadas, pero seguía siendo un punto intermedio en el mapa del alma colectiva.

Fue allí donde, por fin, tras semanas de correspondencias, acuerdos discretos y señales compartidas, se encontraron quienes sentían que el Reino debía volver a pensarse desde sus raíces.

No había trono, ni cetro, ni heráldica predominante. Solo mesas largas de madera vieja, bancos toscos y un brasero central que mitigaba el frío persistente de la llanura, aún húmeda por los últimos deshielos. Allí estaban los ancianos sabios de los valles, antiguos capitanes de frontera, artesanos de manos curtidas, y jóvenes con ideas aún no probadas. Había desconfianza, sí, pero también algo más fuerte: urgencia compartida.

Fravién fue el primero en alzarse. No era noble por linaje, pero todos lo escuchaban con respeto. Había trabajado, compartido, sufrido. Su palabra brotaba de una vida consagrada al prójimo.

Aunque el Reino lo había nombrado "Noble de Toga", no se aferraba a ese título, ni lo usaba como escudo ni como trono.

Fravién, que cada día donaba el pan que no vendía a las escuelas del valle, no necesitaba más legitimidad que la memoria del hambre que había ayudado a calmar.

—Hermanos... hermanas —comenzó—, el tiempo de la obediencia ciega ha concluido. Los emisarios del Valle del Mediodía nos han dejado claro que nuestras necesidades les resultan ajenas. ¿Qué esperan entonces? ¿Que muramos en silencio sin más?

Un murmullo recorrió la sala, mezcla de aprobación y temor.

—Pero no basta con romper cadenas —prosiguió—. Debemos construir algo mejor. ¿Cómo? No lo sé del todo. Pero sé que será con ustedes, no con ellos.

Le siguió un murmullo de asentimiento. Fue entonces Árgenor, de pie junto a su hijo Roderic, quien dio forma al reclamo:

—No hablamos de rebelión por codicia, sino por dignidad —dijo—. Esta tierra nos ha alimentado y nos ha herido. Es nuestra. Nadie que no pise su barro debería decidir sobre ella. Quieren silencio. Pero aquí, esta noche, solo habrá palabra.

Fravién asintió, y varios le respondieron del mismo modo. Pero una voz se alzó desde el fondo del salón.

—¿Y si el silencio es lo más sabio? —dijo Eldren, un hombre de ceño marcado por los años—. Fendrick puede ser apenas un niño, sí. Pero es nuestro rey legítimo. Juramos lealtad a su casa, y ahora lo dejaríamos solo... ¿por orgullo, acaso?

La tensión se palpó. Algunos bajaron la mirada. Otros se cruzaron de brazos.

—No se trata de orgullo —replicó Árgenor, sin alzar la voz—. Se trata de cuidar la raíz que nos dio origen. Un niño no puede sostener un mundo entero. Y los que hablan por él, lo hacen en nombre propio. Tampoco estamos aquí por odio, sino por amor a estas tierras. El saber que atesoran nuestros libros, las plantas que sanan nuestras heridas, los caminos abiertos a golpe de voluntad... todo eso no puede seguir sometido a una corte que solo responde a sí misma. ¿Quién defenderá a nuestros niños? ¿Quién cuidará de nuestras fuentes?

Desde el otro lado de la sala, una voz cortó el entusiasmo como un cuchillo.

—¿Y qué sugieren? —preguntó Veltor, un viejo capitán de frontera de mirada firme—. ¿Una república? ¿Una junta de notables? ¿Un concilio eterno de debates? Mientras discutimos, los hombres del norte arrasan con lo que encuentran. Ellos no votan. Ellos avanzan.

El silencio se hizo espeso.

—Propongo que elijan un comandante —añadió Veltor—. Alguien que organice y defienda. Lo demás puede esperar.

—No necesitamos otro caudillo —replicó Lyrena, una joven maestra del sur de Nareth—. Necesitamos instituciones. Que nadie mande por encima de la ley.

Fue entonces que habló Roderic. Parecía no ser un hombre del todo formado, al menos a los ojos de quienes no lo conocían bien. Pero había visto mundo más allá de los montes cercanos, en tierras tras las Colinas de Ordenia, donde los días se forjan con sudor y las noches se vigilan con atención. Allí donde el acero enseña lo que la palabra aún duda, había aprendido a escuchar antes de juzgar.

—Toda forma de gobierno sin propósito es un cascarón vacío. Y todo propósito sin defensa, una fantasía. —Miró con calma a Veltor, luego a Lyrena—. Puede que ustedes tengan razón... ambos. Pero necesitamos equilibrio. Una estructura que sepa escuchar y también actuar. No podemos improvisar eternamente. Si nos unimos, debe ser para forjar algo duradero. Y justo.

Las cabezas se giraron hacia él. Nadie lo conocía demasiado. Pero esas palabras quedaron flotando como brasas encendidas en el aire.

Árgenor lo miró con el rabillo del ojo. No había previsto esas palabras, pero tampoco le extrañaban del todo.

La discusión continuó por horas. Algunos hablaban de un consejo rotativo, otros de un liderazgo electivo por regiones. Alguien mencionó un sistema dual: gobierno civil y defensor militar. Incluso hubo quien propuso un juramento común, antes de discutir cualquier forma de mando: un Compromiso de Lealtad Mutua, como base ética.

Los más jóvenes, aunque callados, no olvidaron aquella noche. Algunos aún eran niños. Pero más tarde contarían que allí, en ese salón sin trono, supieron que el poder podía construirse sin cadenas.

Aquella noche no hubo coronas ni decretos. Pero en las brasas de ese salón improvisado, entre las palabras cruzadas y las manos que dudaban, se encendió el fuego de algo mayor. Aún sin saberlo, habían puesto la primera piedra de un reino futuro.

Máxima:
"Un reino no se levanta con el ruido de las espadas, sino con el susurro constante de quienes creen en la palabra y en la justicia."

Cuando al fin las voces encontraron cauces comunes, no fueron los estandartes ni los apellidos los que determinaron el rumbo. Fue la voluntad concertada de los Hombres Libres del Sur con voz en el Consejo, y de los Guardianes de la Sabiduría Ancestral, entre ellos varios antiguos sabios y maestras de las artes olvidadas. Reunidos sin jerarquías impuestas, buscaron una forma de convivencia que honrara la memoria, respetara la diferencia y anticipara los peligros por venir.

No hubo tratados rimbombantes ni coronas que pesaran sobre cabezas renuentes. Tampoco estallaron fuegos en los cielos ni resonaron trompetas triunfales. Solo una claridad nueva sobre los campos del sur, y una decisión silenciosa, madura, casi austera: aquel conjunto de pueblos, ideas, memorias y esperanzas necesitaba un cuerpo, un nombre, una forma compartida.

Así comenzó a trazarse lo que luego sería llamado el Reino de las Cuatro Torres. No fue una imposición dinástica ni fruto de una victoria militar. Fue la confluencia voluntaria de cinco regiones distintas en historia y carácter, unidas por un pacto de cuidado mutuo, defensa común y respeto a la diversidad. El nombre no aludía únicamente a fortalezas de piedra, sino a los cuatro puntos cardinales: vigías simbólicos de una vastedad que apenas comenzaba a comprenderse a sí misma.

La región central, por consenso, fue nombrada Orfrán, en homenaje a Árgenor y Fravién, pilares humanos de esta nueva etapa. En sus colinas del sur —entre la Llanura del Alba y el Campo del Fénix— se proyectó la construcción del Castillo de las Cuatro Torres, que sería no solo bastión sino también foro, escuela y memoria viva. Pero aún no se había colocado piedra alguna: solo planos, bocetos, palabras.

Roderic, propuesto y aceptado como organizador primero y comandante general, asumió un papel activo, aunque lejos del de monarca. Fue él quien impulsó la necesidad de una mesa compartida de decisiones: así nació el Consejo de Libres, compuesto por representantes elegidos de cada región, con mandatos rotativos, sin títulos vitalicios ni privilegios hereditarios. Las decisiones del consejo serían vinculantes sólo si contaban con mayoría clara y el respaldo del Compromiso de Lealtad Mutua: un juramento no hacia una figura central, sino hacia un conjunto de principios discutidos y firmados por todos.

Uno de los primeros actos del Consejo fue la planificación de un sistema de vigilancia y comunicación que uniera a las regiones en tiempos de paz y defensa. Se propuso la construcción de Cuatro Torres Vigías, una en cada extremo cardinal:

- Torre Boreal, en las colinas del norte de Telmar, para advertir cualquier movimiento proveniente de los reinos antiguos y custodiar la memoria del pasado.
- Torre Occidental, en los linderos de Velhoria, antes del Monte Estelar, dedicada a la contemplación y al resguardo del alma de los pueblos libres.
- Torre Oriental, cerca del Paso del Silencio, fortificada con sobriedad, como centinela frente a lo que aún dormía tras las montañas.
- Torre Austral, sobre los riscos del Mar de Nareth, atalaya de rutas marítimas, comercio y nuevas travesías.

Además de las Cuatro Torres Vigías, erigidas en los extremos de cada región, se concibió levantar una construcción mayor en el centro, sobre los cimientos del puesto de aprovisionamiento donde solían deliberar en asamblea: el Castillo de las Cuatro Torres. No sería simplemente otra torre, sino una edificación cargada de sentido y utilidad; una estructura llamada a convertirse en emblema de propósito y legado. Sería sede del

Consejo, resguardo de archivos comunes, casa de estudios y lugar de encuentro entre pueblos.

Su diseño preveía cuatro torres menores, una por región cardinal, unidas por un cuerpo central circular que evocaría la unidad. Sería más alta en su ambición que en su tamaño, y más antigua en su propósito que en su piedra. Aún no se habían colocado los cimientos, pero ya se debatían su forma, su orientación y sus materiales con una pasión que rozaba lo sagrado. Era concebida como piedra angular de toda la organización futura, lugar de deliberación compartida y espacio abierto para todos los pueblos.

A la par, se delinearon los principios para la formación de una *Guardia Común*, compuesta por destacamentos mixtos de cada región. La idea fue elevada por Roderic al Consejo, no como imposición sino como propuesta abierta: no un ejército permanente, sino una fuerza de defensa organizada según códigos compartidos y entrenamiento conjunto.

Fue también él quien insistió, con firmeza respetuosa, en que no se levantaran espadas antes de tener acuerdos claros sobre su uso, su mando y sus límites. A falta de una doctrina formal, comenzó entonces a gestarse una escuela de pensamiento estratégico, donde veteranos, sabios y campesinos aportaban ideas con igual derecho.

Uno de los principios que logró consenso fue el de la espada que guarda sin humillar: toda defensa debía construirse como resguardo, nunca como intimidación. La vigilancia sería firme, pero nunca arrogante.

Mucho quedó sin resolver en aquellas primeras sesiones del Consejo: el sistema económico de la nueva alianza aún era motivo de debate. Las rutas comerciales eran apenas trazos sobre pergaminos, y las fronteras, más intuición que acuerdo.

Sin embargo, la necesidad de financiación para las primeras obras comunes —las torres, las rutas, la guardia— impulsó un gesto notable de confianza: las casas de Árgenor y Fravién ofrecieron un fondo inicial proveniente de sus reservas familiares, ganado en años de labor silenciosa.

A este fondo se sumó un aporte extraordinario de emergencia ofrecido por varios nobles y gremios de cada región, conscientes de que la unidad requería sacrificios compartidos desde el inicio. Así se formó un Tesoro Común Provisional, bajo custodia rotativa, cuya administración sería auditada por miembros elegidos de entre los cinco territorios.

No se fijaron aún tributos ni tasas generales: se acordó primero establecer un marco ético de contribución, y recién luego discutir las proporciones. Tal vez por eso, aquella etapa fundacional no estuvo marcada por disputas económicas, sino por una extraña generosidad que muchos, en años posteriores, mirarían con nostalgia.

Algunas regiones mantenían conflictos internos soterrados. Otras sostenían relaciones complejas con pueblos más allá de las colinas. No todos estaban satisfechos, y no pocos consideraban el experimento demasiado frágil para sobrevivir a las estaciones. Pero algo nuevo se había sembrado, y con ello bastaba, por el momento.

El acto fundacional no cerró con proclamas. Cerró con un gesto: Roderic, en el claro donde algún día se alzaría el Castillo, clavó en la tierra la espada que lo había acompañado durante su formación más allá de las colinas.

—No hay unidad verdadera sin memoria ni sin disputa —dijo—. Lo que hoy comienza, no es una cima, sino un sendero. Y si alguna vez las piedras que coloquemos se vuelven muros, que el tiempo nos recuerde que fueron puestas para hacer caminos.

Sus palabras no fueron grabadas en piedra, sino en las memorias de quienes lo oyeron. Pero con el paso de los días, esas memorias comenzaron a germinar en otras, y de esas otras nacieron relatos, y de los relatos, acuerdos. Aún faltaba mucho.

El Reino no estaba concluido. El Reino apenas comenzaba a soñarse.

Máxima:
"La verdadera fortaleza de un reino no reside en sus muros, sino en la confianza que sus pueblos depositan unos en otros, y en la memoria viva que transforma la historia en camino compartido."

No fue el filo de una espada ni el peso de una corona lo que delineó las primeras fronteras, sino el encuentro entre la memoria y la razón. El naciente Consejo de Libres, al que también se integraron los sabios del reino —guardianes de la sabiduría ancestral—, se reunió con un propósito compartido: fundar un reino que no naciera del hierro, sino del equilibrio entre las tierras y la memoria común.

Cinco regiones fueron definidas, no por ambición ni conquista, sino por afinidad con los dones y desafíos de cada comarca. A cada una se le confió un custodio, no como señor absoluto, sino como garante de una función vital dentro del cuerpo común.

En el corazón de las tierras centrales, donde los ríos Silmarel, Aurenith y Teryandel entrelazaban sus corrientes como venas de un mismo cuerpo y las llanuras se abrían al horizonte, nació **Orfrán**.

El Silmarel nace en el Circo de Elthar, al noroeste, donde las nieves perpetuas se derriten en hilos de cristal. Desde allí, desciende hacia el este, atravesando tierras altas y marcando el tránsito entre lo remoto y lo fértil. No lejos de allí, un ramal septentrional bordea las Alturas de Briven, delineando un tramo incierto entre Telmar y Ardoria, antes de curvarse hacia el corazón de Orfrán. Sus aguas claras reflejan el camino de los que buscan sentido, como si cada tramo contuviera un fragmento del porvenir.

El Aurenith brota de las montañas doradas del este de Ardoria. Su cauce avanza como una ofrenda fértil, y su brillo dorado acompaña los campos con una luz que no enceguece, sino que nutre: una claridad que da sin reclamar. Más adelante, sus aguas se encuentran con el Silmarel, y de esa unión nace lo que algunos lugareños llaman el Gran Silmarel: un ancho río que traza una franja divisoria con la región central, ladea las sierras de Ardovain y, finalmente, desemboca en las aguas del mar Nareth.

El Teryandel, más profundo, delimita la frontera entre Velhoria y Orfrán. Sus aguas no se precipitan: avanzan con la solemnidad de un juramento. Termina su viaje en el lago Mirelune, donde la luna desciende cada noche a posarse sobre el agua, como recordando a los hombres que la belleza también es promesa.

En la confluencia de esas aguas nació **Orfrán**. Su nombre honra la alianza entre Árgenor y Fravién, que selló una esperanza común y echó raíces en lo que más tarde sería llamado el Reino de las Cuatro Torres.

Las Cuatro Torres comenzaban a imaginarse, no como fortalezas de dominio, sino como faros de vigilancia moral, equidad en los deberes y en los frutos cosechados, y memoria viva. Su custodio no portaría corona, sino balanza.

En Orfrán no florece el trigo si no es con dignidad, ni se alza una casa sin dejar antes espacio al viento. Allí, donde el espíritu se alza libre y la tierra no olvida a quienes la cuidan, la libertad no se enseña: se respira. "Que el que guarda el centro no busque altura, sino equilibrio", dejó escrito Fravién antes de entregar el emblema.

Hacia el oeste, donde los árboles aún murmuraban en lengua antigua y los caminos se confundían con los cantos del viento, surgió **Velhoria**: una tierra sin murallas, consagrada a la armonía con lo viviente. Allí se resguardarían los saberes herbales, los pactos con los clanes silvestres y la educación del alma a través de la naturaleza.

El río Hinedil, que la separa de las tierras de Telmar, desciende sereno, con la calma de quien ha escuchado todos los cantos, hasta desembocar en la laguna Velindor. Sus aguas —dicen— reflejan la esencia de todo ser que se asoma a sus orillas. Son tan puras que el propio Narciso, al contemplarse en ellas, no sucumbió por vanidad, sino por la belleza profunda que revelaban de un espíritu en reposo.

Más allá, los Bosques de Loria se abren para dar paso a la quietud de la laguna y a las Alturas de Valdryn, cuyas cumbres se alzan majestuosas, como sabios centinelas que velan el horizonte, guardianes de un saber antiguo y de una luz que no se apaga.

"Velhoria no alzará tronos —se oyó decir el día de su entrega—, sino copas de árboles."

Al este, donde la tierra se agrietaba con vetas minerales y las montañas respiraban en silencio incandescente, surgió **Ardoria**.
No nació para la guerra, sino para la forja justa. Quien la cuidara debía conocer el fuego sin doblegarse ante él, y saber templar el hierro para herramientas, puentes, arados y defensas, sin rendirse al delirio del oro.

Entre sus valles más templados, las Sierras de Ardovain marcan la transición hacia las tierras bajas del sur. Allí, el calor del mineral cede paso al aliento del mar.

"El oro no debe gobernar al hombre, sino servir al pan", proclamó Syrella al entregar el bastón trenzado de hierro.

En el norte, donde los pasos eran angostos y el viento traía ecos de pueblos lejanos, se alzó **Telmar**, el bastión del límite.

Era la primera tierra que extendía el brazo al extranjero, pero también la última en retroceder si el peligro asomaba. Su custodio debía tener juicio sobrio y brazo firme, oído fino y espíritu hospitalario.

Dos arroyos gemelos, el Efrin y el Lavel, cruzan las Praderas de Lavial antes de fundirse en la laguna Velindor. No son frontera rígida, sino música de agua que marca el paso hacia Telmar sin clausurarlo.

"Quien cuida la puerta debe tener oído fino, no sólo brazo fuerte", dijo Árgenor al imponer el medallón de las Cuatro Torres.

Y hacia el sur, donde el mar se abría como un alma que respira, nació **Nareth**, región de puertos, mercados y palabras al viento.
Su tarea sería mantener vivos los lazos con otros pueblos, abriendo la conciencia del reino sin permitir que se diluyera su raíz.

Los Montes Grises, nacidos en los umbrales de Velhoria, se deslizan como un murmullo pétreo hacia el sur, hasta rozar las Llanuras del Alba.

"No olvides que las palabras también navegan. Y algunas, al naufragar, fundan puertos", fue el consejo que selló su destino.

Así se trazaba la geografía moral de lo que algún día sería el Reino de las Cuatro Torres: no desde el dominio, sino desde el acuerdo; no como una jerarquía, sino como una polifonía. Cada región entonaba su canto, y en la conjunción de esas voces, el nuevo reino empezaba a respirar.

Y así, mientras los representantes de las casas fundadoras trazaban los principios del nuevo pacto, una delegación de sabios —guardianes del conocimiento ancestral y de los silencios que enseñan— fue invitada a integrar el naciente Consejo de Libres, y allí donde la urgencia buscaba abrir caminos sin alma, ellos aportaban la serenidad del pensamiento.

Máxima:
"Un reino no se construye sobre el silencio de una sola voz, sino sobre la armonía de todas las que, distintas, cantan a un mismo destino."

No toda sabiduría se alza en púlpitos ni se impone con decretos. A veces, basta con una palabra a tiempo, o con el silencio justo, para torcer el rumbo de una decisión o encender la llama de una idea. Así nació el Consejo de Sabios.

Fue una decisión unánime del Consejo de Libres: si el reino iba a fundarse no sólo sobre acuerdos políticos y distribución funcional de las regiones, sino también sobre principios capaces de perdurar más allá de las generaciones, entonces era necesario que la filosofía tuviera un lugar de relevancia, donde el pensamiento pudiera acompañar a quienes debían gobernar, para que la acción no se escindiera jamás de la reflexión.

Así, se reservó un espacio sagrado en el corazón de Orfrán para los guardianes del pensamiento. No buscaban imponer leyes ni reglar el comercio, sino ofrecer claridad cuando la neblina del poder amenazara con cegar la vista. Fueron elegidos algunos entre los más admirados por su integridad, austeridad y lucidez.

Zenón, discípulo del rigor interior, enseñaba que nadie era libre si no gobernaba primero sus pasiones; su sola presencia imponía compostura.

Epicuro, en cambio, hablaba de los placeres sobrios, del valor del retiro, de la amistad como tesoro político; sus consejos suavizaban los ánimos exaltados.

Diógenes, ferozmente libre, no dudaba en señalar la hipocresía donde la hallaba, y su risa burlona era temida y valorada a la vez.

Pirrón, maestro de la suspensión del juicio, invitaba siempre a desconfiar de las certezas que se disfrazaban de verdades absolutas.

Séneca, formado en las tribunas del foro y en los silencios del alma, ofrecía siempre una palabra que equilibrara el deber y la virtud.

No todos pensaban igual. De hecho, rara vez coincidían. Pero esa era precisamente la riqueza de sus encuentros: la disidencia sin enemistad, el contraste sin ruptura. Discutían sin buscar vencer, sino abrir.

Sus lugares serían, con el tiempo, ocupados por discípulos: mujeres y hombres que, sin repetir dogmas, buscarían encender el fuego sin copiar la llama. Y así como se asentaban las primeras piedras, también se sembraban nombres que aún no existían, para que cuando Zenón ya no pensase, otro pensaría con su fuego. Así, el Consejo no sería una institución estática, sino un río de pensamiento que se renovaría sin perder su cauce.

En el ala oriental del castillo, que aún era esqueleto de vigas y andamios, se reservó un espacio circular para el Salón de los Ecos. Allí, los Sabios debatirían sin púlpito ni trono, sólo rodeados de columnas que imitaban la silueta de árboles antiguos: un recordatorio de que todo pensamiento digno primero aprende a escuchar.

Mientras las voces del reino encontraban su forma, comenzaron también a levantarse las piedras del Castillo de las Cuatro Torres, en el cruce exacto de los caminos que unían las regiones. No sería palacio ni bastión militar, sino casa de deliberación, justicia y testimonio.

La estructura fue soñada como símbolo de lo que allí debía ocurrir: cuatro torres —una por cada virtud cardinal— unidas por puentes y patios donde la palabra circulara libremente.

Y fue allí, en ese momento fundacional, donde también llegaron los primeros trabajadores: canteros y artesanos venidos de las cinco regiones, algunos incluso desde el norte profundo, más allá de las colinas de Ordenia. Unos traían apenas ropas remendadas y callos recientes en las manos; otros, miradas endurecidas por haber defendido con fiereza a sus familias, en tierras donde la ley había sido reemplazada por la ley del más fuerte.

Habían cruzado montañas escapando de guerras intestinas, llevando consigo solo lo esencial: sus nombres, sus historias, su voluntad de comenzar de nuevo. No se les recibió con caridad, sino con respeto. Porque construir un reino no era solo trazar regiones o levantar torres, sino tender la mano a quienes, aún manchados de sangre —no por ambición, sino por desesperación—, pedían una segunda oportunidad. Nadie les pidió olvido, pero se les ofreció propósito. Porque incluso las piedras cargadas de dolor pueden fundar una torre, si el alma que las dispone ha aprendido a no repetir el derrumbe.

Así, pensamiento y materia, duda y decisión, construcción y memoria, se entrelazaban sin prisa. Como si el reino no se edificara sobre tierra, sino sobre conciencia.

Las piedras del castillo fueron alzadas por ellos, junto a los hijos del valle y los herederos de las casas fundadoras. Y aunque no todas las manos venían limpias, todas trabajaron con el mismo anhelo: que en esa tierra nueva, la justicia no fuera privilegio ni el perdón un lujo.

Así se edificó no solo una estructura, sino un pacto silencioso entre el pensamiento y el pan, entre la filosofía y la sangre, entre lo que eran y lo que aspiraban a ser.

Máxima:
"Porque un reino duradero no se cimenta sólo en piedra, sino en el pensamiento que enseña a no volver a romperla."

Capítulo V – Nacimiento del Temple

Primera Parte: Los Primeros Pasos del Equilibrio

Roderic no nació entre mármoles ni bajo el amparo de grandes torres. Su infancia transcurrió en Veyra, una región de tierras fértiles, vientos persistentes y estaciones bien marcadas. Allí, en una casa de adobe y madera, rodeada de corrales, frutales y campos de siembra, aprendió antes a distinguir el mugido de una vaca enferma que las palabras de los sabios. Su padre, Árgenor, dedicaba su vida al cuidado de los animales; su madre, Severyna, a desentrañar el pasado escrito en papiros, mapas y símbolos que llegaban desde lejanas civilizaciones que apenas algunos sabían pronunciar.

Allí, entre el barro bajo las uñas y las palabras impronunciables de civilizaciones perdidas —entre lo rudo y lo sutil— comenzó a formarse Roderic. Y fue en esa convivencia de mundos donde encontró su primera vocación: el equilibrio.

Su madre le enseñó a no burlarse jamás de lo que no comprendía. *"Toda lengua oculta una sabiduría"* —decía, mientras repasaba textos antiguos bajo la luz de una lámpara de aceite—. Le hablaba de reyes que habían gobernado imperios sin levantar una espada, de pueblos que desaparecieron no por guerras, sino por soberbia o desmemoria.

Su padre, en cambio, le mostraba cómo curar a un potro con fiebre o cómo levantar a un becerro con las manos y la paciencia. *"Quien no conoce la fragilidad de la vida, no merece liderarla"* —solía decir, secándose el sudor con la manga—.

Pero nunca ridiculizó los saberes de Severyna. Al contrario, en el silencio de las noches, la escuchaba leer en voz alta, como si aquellos antiguos nombres —Imhotep, Lao-Tsé, Jenofonte— compartieran la mesa con ellos.

En esa casa de Veyra no había oro, pero sobraba riqueza. Y uno de esos tesoros era un tablero de ajedrez de madera rústica, tallado por el propio Árgenor. Fue un regalo de cumpleaños cuando Roderic cumplió siete, y también el primer enigma capaz de silenciar su inquietud, aunque fuera por un atardecer entero.

Desde entonces, el ajedrez se convirtió en un rito. No un juego para distraerse tras las labores, sino una escuela de pensamiento.

"En cada pieza, una virtud. En cada jugada, una intención. En cada error, una enseñanza." —decían entre los tres, casi como una plegaria.

Roderic aprendió a mirar más allá del siguiente movimiento, a no confiar en lo evidente, a prever sin apresurar. Y eso, sin que él lo supiera aún, era ya una forma de filosofía.

Durante esos años formativos, los libros de Severyna y las tareas rurales de Árgenor convivieron con las primeras charlas con sabios itinerantes, que a veces se detenían en Veyra. Eran sanadores, comerciantes de paso, herboristas, monjes errantes o militares retirados. Algunos hablaban de Sócrates; otros, de estrategias que habían aprendido en las guerras del Norte. Roderic los escuchaba con una mezcla de admiración y escepticismo, y con el tiempo, comenzó a interrogar también.

—¿Y cómo se reconoce a un hombre sabio? —le preguntó una tarde a un anciano de vestimenta austera, barba rústica y mirada penetrante.

El viajero sonrió, y sin apuro respondió como si hablara consigo mismo: —Por su caminar pausado, su escucha atenta… y por esas preguntas que no destruyen el saber: lo desnudan, reconfiguran lo obviado y lo devuelven al terreno de lo pensable.

Roderic no respondió, pero lo miró con atención renovada, como si esas palabras revelaran una sabiduría antigua.

Apreciaba mucho esos intercambios, y desde entonces comenzó a dar importancia no solo a las respuestas, sino también a las preguntas bien formuladas, valorando tanto las palabras como los silencios que las precedían.

No era devoto del estudio por el estudio mismo. No buscaba sabiduría encerrado en un escritorio, sino que la encontraba en el campo y en la conversación, en el movimiento de los caballos y en las noches estrelladas, en la precisión de una jugada y en el silencio de quien no tiene aún todas las respuestas.

Y así, sin ceremonias ni proclamas, empezó a formarse el temple de un futuro caballero. La vida no lo urgía, pero algo en él ya se preparaba para una misión mayor.

Máximas:
"Quien aprende a mirar el mundo desde la tierra y desde el tablero, no solo crece: se eleva."

"El verdadero poder no nace del dominio, sino del equilibrio entre la raíz y la estrella."

Capítulo V – Nacimiento del Temple

Segunda Parte: El Camino del Acero y la Palabra

Los inviernos en Veyra eran ásperos, pero Roderic aprendió desde joven que el frío no endurece más que a los tibios. La labor en los campos le había dado resistencia en los músculos y callos en las manos, pero era su mirada la que más hablaba: fija, reflexiva, capaz de hundirse en una tarea como si todo el tiempo del mundo le perteneciera.

Sin embargo, llegado el momento, supo que no bastaba con la contemplación ni con el estudio, ni siquiera con los juegos mentales del ajedrez. Un reino no se edifica solo con pensamiento: necesita también hombres que sepan empuñar la espada y proteger lo que otros siembran.

Fue entonces, hacia los quince inviernos, cuando partió de Veyra por primera vez. Su madre, Severyna, le entregó una bolsa con pergaminos y cartas de recomendación; su padre, Árgenor, lo abrazó con fuerza silenciosa y le regaló un cuchillo de mango de asta que él mismo había tallado. No era un arma de guerra, sino una herramienta de vida. Roderic comprendió el gesto.

Su primer destino fue Zelmira, una ciudad ribereña que combinaba puertos pequeños y guarniciones modestas. Allí conoció a los soldados del Paso Oriental, expertos en tácticas de defensa en terreno quebrado. Durante un año, Roderic convivió con ellos, estudiando sus formaciones, sus códigos de honor y su modo de vida. Aprendió que el combate no era un acto de furia, sino de disciplina; que el valor no se medía en decibelios de gritos, sino en la capacidad de sostener la calma bajo el filo del peligro. Fue allí donde un viejo sargento le dijo una noche de guardia:

—La medida de un hombre no es cuánto se impone, sino cuántas veces se detiene a levantar a otro.

De Zelmira marchó a Ravendor, donde encontró otro mundo: fortalezas elevadas, un clima más áspero y una casta militar rigurosa. Allí no solo se entrenó con lanza y escudo, sino que asistió a las aulas de estrategia que los capitanes ofrecían a los jóvenes de buena promesa. Un maestro lo detuvo una tarde y le dijo:

—Si tienes miedo de perder, ya has perdido. El juego y la guerra comparten esa trampa.

Roderic, a diferencia de muchos, no solo escuchaba: tomaba notas, comparaba maniobras con partidas de ajedrez que jugaba por las noches y trazaba hipótesis que a veces discutía con los instructores mayores. Con el tiempo, uno de ellos, el capitán Mégan, llegó a decir:

—Este muchacho no solo sabe moverse… sabe pensar. Y eso, cuando escasea, cuesta vidas.

A partir de entonces, Mégan solía observarlo en silencio durante los entrenamientos, con una mirada que parecía medir algo más que la destreza del momento.

El tercer viaje lo llevó a Angros, la más dura y cruda de las tres regiones. Allí no se enseñaba la guerra en los patios, sino en los caminos. Las escaramuzas con bandidos y grupos disidentes eran frecuentes, y Roderic tuvo su bautismo de fuego sin ceremonia alguna, montado en un caballo prestado y defendiendo una caravana de herreros que llevaba hierro hacia el sur. Fue herido, aunque no de gravedad, y si bien su brazo tardó semanas en volver a alzarse sin dolor, su temple no se quebró. A partir de entonces, comenzó a forjarse una reputación.

Un monje silencioso lo visitó mientras se recuperaba. No curó la herida. Solo le dijo antes de irse:

—El dolor es un maestro severo. Por eso nadie quiere ir a sus clases.

Pero Roderic no solo aprendía de los militares. En cada ciudad buscaba a los sabios y a los ancianos, a los oradores y jueces, a quienes dictaban las leyes y entendían los equilibrios del poder. Asistía en silencio a los consejos públicos y se reunía en privado con quienes aún creían que la palabra debía prevalecer sobre el acero. Fue allí donde conoció a Théomar de Ravendor, un pensador severo pero lúcido, que lo interpeló con dureza una tarde:

—¿Quieres mandar un día, muchacho? Entonces aprende primero a escuchar. Manda mejor quien sabe obedecer con dignidad.

De ese modo, entre la lanza y la pluma, entre la estrategia y la escucha, Roderic fue tallando un perfil singular. No era el más fuerte, ni el más elocuente, ni el más temido… pero sí era, según decían algunos, "el más despierto". El que podía advertir una emboscada en un silencio prolongado, o notar una traición en un gesto mínimo. Se lo empezó a llamar "capitán sin escudo". Tenía aún rango menor, pero ya muchos lo seguían más por voluntad que por jerarquía.

Cuando volvió por un tiempo a Veyra, no traía medallas ni títulos, solo polvo en las botas y cicatrices sin nombre. El viejo Árgenor lo recibió con un gesto sereno, sin solemnidades.

—Todavía no has visto todo —le dijo—. Pero ya sabés qué vale la pena mirar.

Roderic asintió. Porque entendía que no se trataba de ver más, sino de aprender a mirar mejor. Todo lo que había aprendido —la espada, la escucha, la prudencia del mando, la observación filosófica— no le servía si olvidaba el punto de partida.

Máxima:
"Muchos entrenan para vencer; pocos para comprender."

Capítulo VI – La Forja del Caballero Pensante

Primera Parte: El Pensante y la Espada

El descanso en Veyra no duró demasiado. Roderic apenas había vuelto a acostumbrarse al olor de los caballos y al silencio de los amaneceres, cuando un mensajero llegó desde la capital. El capitán Mégan lo mandaba a llamar: había visto en él una fibra distinta, y creía que su formación no debía concluir entre los pastos del sur, sino entre los muros del Comando Central.

Roderic no respondió de inmediato. Miró al horizonte con la seriedad de quien sabe que está dejando atrás más que una casa. Árgenor no dijo nada; solo asintió, como si ya lo hubiera previsto.

Fue en el Valle del Mediodía donde su temple se forjó como acero al rojo vivo. Allí donde los libros no bastaban, y las decisiones pesaban más que las espadas.

Mucho antes de vestir emblemas, Roderic había sido apenas un jinete entre muchos, sin más herencia que el juicio y el coraje. Pero en aquellas tierras divididas por la ambición y el miedo, aprendió a mandar y a callar; a retroceder cuando el terreno lo exigía, y a avanzar cuando el corazón del pueblo lo pedía. Porque en las regiones donde las palabras ya no alcanzaban, fue el silencio del acero el que moldeó al caballero que más tarde sería leyenda.

No tenía nombre ilustre, ni tierras, ni cortejo. Llegó a la capital del valle como uno más entre cientos de jóvenes que buscaban hacerse un lugar bajo un sol que iluminaba tanto riquezas como tensiones.

Se llamaba Roderic, y sus ojos no tenían aún el peso de la guerra, pero sí la intensidad de quien ha leído más de lo que ha vivido. Traía consigo un tablero de ajedrez gastado, algunos papiros helénicos que hablaban de dudas y de virtud, y una voluntad más firme que su montura.

Fue admitido como aspirante en el destacamento de caballería ligera. Las primeras semanas fueron de silencio y observación. Roderic no hablaba mucho, pero cada vez que le daban una orden, la ejecutaba con precisión casi matemática. Algunos comenzaron a burlarse de su forma de mirar el campo de entrenamiento como si fuera un tablero. Otros, en cambio, empezaron a imitarlo.

Lo entrenaban antiguos soldados endurecidos por campañas en Ravendor y Zelmira, veteranos que veían en la filosofía un lujo inútil.

A Roderic no le importaba. Mientras los demás dormían tras los ejercicios, Roderic escribía notas al margen de fragmentos de Epicteto y Antístenes, o movía piezas de ajedrez sobre un cuero extendido en el suelo. Las torres dejaban de ser trebejos de madera y se volvían puestos de defensa en colinas lejanas; los peones avanzaban como pequeñas columnas de hombres; los caballos, exploradores silenciosos, flanqueaban rutas invisibles. Allí, en silencio, las batallas nacían y morían sin sangre, solo con el leve roce de una pieza contra otra, como si el tablero le susurrara futuros posibles.

Fue durante una escaramuza menor, en los márgenes de Angros, que Roderic se hizo notar por primera vez. Una caravana del Reino había sido asaltada por bandidos de un clan del Este, y el destacamento fue enviado a recuperar los bienes y asegurar la ruta. El oficial al mando cayó en una emboscada en el primer cruce, y el resto del escuadrón entró en desorden.

Mientras los demás buscaban gloria a punta de lanza, Roderic cuidaba las posiciones como quien protege un rey en la octava fila. Sin embargo, con apenas dieciocho años y ningún rango, tomó la iniciativa: aprovechó los riscos del camino y una arboleda para dividir a los jinetes enemigos. No los persiguió: los acorraló. Recuperaron la caravana sin más pérdidas, y al regresar, fue ascendido a capitán del ala sur de caballería.

Los altos mandos no sabían bien cómo interpretar su talento. Era joven, pero lúcido. Estratégico, pero impasible. Su mirada no era la de un cazador, sino la de un guardián. En el campamento, algunos lo llamaban el *Caballero del Tablero*. Otros, simplemente, el *Pensante*.

El ascenso a capitán fue solo el inicio. A las pocas semanas, tras evaluar su conducta, su temple y su modo de pensar más que de atacar, los altos mandos del Reino del Valle del Mediodía tomaron una decisión inusual: Roderic sería investido caballero, aunque no fuera noble de cuna.

No era común, pero tampoco imposible. En tiempos de peligro, cuando el mérito vencía al linaje y la estrategia valía más que la sangre azul, los títulos encontraban nuevos portadores.

El acto se celebró en el claro de una antigua fortaleza, bajo la sombra del llamado Roble de Hierro, un árbol viejo que había visto más espadas que soles.

La ceremonia fue sobria, sin pompa, pero cargada de significado. Asistieron los comandantes, algunos veteranos que habían marchado en campañas remotas, y unos pocos compañeros de escuadrón que ya lo respetaban como si llevara años al mando.

Roderic se arrodilló sobre una piedra lisa, con la mirada fija y la espalda recta. Vestía todavía su armadura de escaramuza, sin adornos, pero pulida. El viejo comandante Mégan, testigo de la emboscada en Angros, fue quien alzó la espada ceremonial.

—Roderic de Veyra, por tu juicio firme, por tu valor prudente y por tu respeto al pueblo y a la palabra, este Reino reconoce en ti el temple del caballero. ¿Juras servir no al poder, sino al bien? ¿Juras no empuñar tu espada por rencor, sino por justicia? ¿Juras cuidar al débil como al fuerte, y al sabio como al valiente?

Roderic bajó la cabeza. —Lo juro. Por esta tierra, por la razón, y por aquellos que no tienen voz.

El comandante apoyó la hoja plana de la espada sobre su hombro derecho, luego sobre el izquierdo, y finalmente la sostuvo en el aire. —Entonces levántate, caballero del Valle del Mediodía. Que tu escudo no pese más que tu conciencia. Y que tus actos te precedan más que tu nombre.

Roderic se puso de pie. No sonrió. No alzó los brazos. Sólo miró el Roble de Hierro como si pudiera grabar en su corteza aquellas palabras. Sabía, en su fuero interno, que el verdadero peso del título no se medía en metales ni en saludos militares. Se medía en decisiones futuras.

Aquella noche no hubo festejos. En su tienda, Roderic abrió su tablero gastado, colocó un alfil solitario en el centro, y dejó que el silencio hablara.

Comenzaron entonces sus primeras misiones formales: escoltas, patrullajes, mediaciones rurales. Rehuía la violencia, no el conflicto. En Angros supo ganar con la palabra, pactando con clanes menores para asegurar el abastecimiento de los pueblos labriegos del sur. Pero los rumores de guerra en Zelmira crecían como un trueno detrás de las colinas.

Una noche, bajo un cielo sin luna, un anciano mentor se acercó a Roderic mientras este pulía una lanza con manos calmas. Tras un silencio largo, le dijo:

—Zelmira no es una plaza para la palabra, Roderic. Allí no escucharás ni razones ni versos. Cuando te encuentres con un espadachín, desenvaina tu espada. No recites poesía a quien no es poeta.

Esa misma noche, bajo la tenue luz de la luna, el caballero se puso la cota de malla con firmeza. Envainó su espada y aseguró junto a ella un cuchillo de mango de asta, tallado por su padre, no como arma, sino como herramienta práctica y símbolo de prudencia. Luego, con cuidado, colocó el albardón sobre el lomo del caballo, ajustó las correas para que quedara firme y partió hacia el norte.

Donde las palabras no bastaban. Donde la sangre manchaba los campos. Donde el tablero de ajedrez se volcaba, y las piezas se volvían hombres.

Y así fue como el ajedrecista sin corona empezó a mover, por primera vez, piezas de carne y destino en el tablero del mundo.

Máxima:
"El verdadero compromiso no nace del deber, sino de lu conciencia que se despierta al mirar de frente la responsabilidad que uno acepta."

El viento cortaba como un cuchillo delgado y persistente entre las rocas del Paso de las Cumbres. Roderic apretaba los dientes mientras sus botas se hundían en la nieve endurecida. Avanzaba al frente de una columna ligera compuesta por jinetes curtidos y algunos arqueros recios, todos hombres fieles que habían cruzado media tierra para llegar al corazón de Zelmira. La orden de Mégan había sido clara: abrir camino hasta el campamento avanzado, resguardar las rutas y prestar auxilio donde hiciera falta.

En la retaguardia, uno de los vigías resbaló. Roderic se giró, extendió la mano y lo sostuvo. El abismo se abría apenas a un paso del sendero. Desde allí, se veían los barrancos desaparecer en una negrura que no tenía fondo. Roderic se quedó mirando por un instante demasiado largo, y entonces Mégan, que cabalgaba cerca, dijo con voz baja, casi perdida en el silbido del aire:

—Cuídate, Roderic. Si miras mucho al abismo… el abismo también te mira a vos.

Roderic asintió, sin comprender del todo, y guardó la advertencia como un eco lejano, sin darle aún todo su peso.

Las misiones no se hicieron esperar. En las faldas de la montaña recuperaron un convoy varado por un alud; más abajo, liberaron a una patrulla cercada por hostiles en el desfiladero de Korrum. Roderic organizó una maniobra envolvente. No fue sin riesgo, pero fue eficaz: ni una sola baja, y los enemigos huyeron dejando atrás sus estandartes ennegrecidos, agitándose como alas muertas al viento.

Horas después del incidente en Korrum, Mégan ordenó detener la marcha. El sendero hacia el este era angosto y propenso a emboscadas. Envió a Roderic, secundado por Cedric y

Argán, a inspeccionar el paso antes de que la columna lo atravesara.

—Tomen un desvío al sur —indicó—. Rodeen la quebrada de Mergal y vuelvan antes del anochecer. No llamen la atención… a menos que no quede otro camino.

Avanzaron a paso ligero. El terreno se volvía escarpado, con pinos cerrados a ambos lados. A medio día, el sonido lejano de un crujir los detuvo: ejes de carros, voces ásperas, un gemido.

Se arrastraron entre los arbustos. Argán fue el primero en verlos.

—Caravana… cuatro carros. Con niños —dijo con los dientes apretados—. Encadenados.

—Van hacia las minas de Tilgar —agregó Cedric, con voz amarga—. Hay señores que prefieren la piedra al alma.

Los tres se miraron. No tenían órdenes para intervenir. Pero tampoco tiempo para consultar.

—Si damos aviso, perderemos la oportunidad —dijo Roderic—. Cedric, tomá el flanco derecho. Argán, bordea por la loma y bloqueá la salida. Yo corto el frente. No blandan la espada a menos que sea el último recurso. Rápido. Silencioso.

En menos de un minuto, se desplegaron. Los vigilantes de la caravana eran cinco, mal armados y confiados. Bastó un salto desde el monte, una emboscada bien ejecutada y un par de gritos ahogados. Dos hombres huyeron; los otros tres fueron reducidos.

Roderic corrió hacia el primer carro. Un niño, el más pequeño, no tendría más de seis, tal vez siete años. Estaba atado de pies y manos, tiritaba de frío, con la mirada perdida en la nieve sucia.

Se arrodilló a su lado. Del cinturón sacó su cuchillo de mango de asta, labrado por su padre. Hasta entonces, el cuchillo solo había sido compañero de viaje; pero ese día cortó un miedo más profundo que cualquier nudo.

Con cuidado, liberó al pequeño. Los nudos cayeron y los ojos del niño se alzaron sin lágrimas ni palabras.

Luego Roderic desgarró su camisa, cortó unas tiras de tela e improvisó un vendaje sobre sus heridas. Cedric llegó junto a él con una manta; Argán, mientras tanto, liberaba a los otros.

Roderic miró al cielo. Ni una nube. Solo el sol, indiferente, como si nada de eso importara. Y, sin embargo, importaba.

Esa tarde, cuando regresaron con los demás, no dijeron nada. Solo Mégan los observó largo. Cuando sus ojos se cruzaron con los de Roderic, no hizo preguntas: solo asintió, como si supiera que algunas decisiones se explican mejor con silencio.

Más tarde, al anotar en su cuaderno, Roderic escribió:

"No se forja un caballero con hierro solo. También hacen falta gestos que corten el miedo."

Al anochecer, mientras se guarecían en una caverna de techo bajo, Mégan se sentó junto a Roderic, sacando de su capa una hogaza endurecida y un pequeño trozo de cecina. Compartieron en silencio. Luego, el viejo comandante habló:

—A veces creemos que somos lo que hacemos en un momento... pero no. Día a día, lo que elegís, lo que pensas y lo que haces... eso es en lo que te convertís. Por eso te miro, Roderic.

Porque aún con furia en la espalda, no te olvidas de cuidar. Porque en vos no manda el enojo, sino la templanza.

Roderic bajó la mirada, agradecido. No respondió. No hacía falta.

Una última misión definió lo que seguiría. En un pequeño paso, dos aldeas se enfrentaban por el control de unas fuentes de agua apenas descongeladas. Roderic se presentó sin espada desenvainada, habló con los ancianos, escuchó, ofreció solución y garantía. Volvió con los recursos asegurados y con el respeto de ambos pueblos. Cuando llegó al campamento, Mégan lo esperaba junto al fuego.

—Yo peleé muchas guerras… y me llegué a convencer de que la lanza podía más que la palabra. Me equivoqué. Por eso, antes de que caiga la noche, hablaré con el Alto Consejo. Te quiero como mi segundo. No porque seas invencible, sino porque sabes elegir… y eso, hijo, vale más que mil espadas.

Roderic inclinó la cabeza. No por modestia, sino por lealtad.

Así se selló el vínculo. Maestro y discípulo, viejo lobo y nuevo líder, caminaron juntos al valle donde aguardaba la niebla, la sangre… y la historia.

Máxima:
"No es el filo de la espada lo que hace a un caballero, sino la claridad con que elige cuándo no usarla."

La situación en Zelmira se había tornado insostenible. Antiguos nobles locales, respaldados por mercenarios provenientes del este, se disputaban el control de tierras, rutas y almacenes. Lo hacían sin honor ni bandera, solo con la ambición de hacerse con el poder de una región clave: Zelmira, zona portuaria por excelencia, corazón del intercambio comercial del norte.

Cuando la noticia llegó a la capital del Reino del Valle del Mediodía, el Consejo no dudó. No por principios elevados, sino porque la balanza económica del reino comenzaba a resentirse. Había que restablecer el orden, y había que hacerlo rápido. Fue entonces que Almoric —consejero en materias de guerra y finanzas, hombre hábil en las cifras y en los cercos— propuso una intervención directa.

Con su respaldo, se encomendó la operación al general Mégan, veterano de las campañas del sur y conocido por su eficacia implacable. Recibió órdenes precisas: sofocar la rebelión, recuperar el control del puerto, asegurar las rutas de exportación. No marchaban por justicia, sino por estabilidad. Y hacia allí marcharon.

En las colinas de Zelmira, ante tres mil hombres dispuestos a sangrar por un líder codicioso, se alzaron los estandartes del Reino. El mando estaba en manos de Mégan, cuya presencia imponía respeto: calculador, metódico, de mirada rápida y órdenes certeras. Era el tipo de hombre que movía ejércitos como piezas sobre un tablero.

La formación inicial fue impecable. La infantería descendió por el valle en doble columna. Las torres de ballesteros ocuparon las lomas, protegiendo los flancos. La caballería aguardaba en reserva, lista para quebrar cualquier fisura en la línea enemiga.

(1.d4 Cf6 2.c4 g6 3.Cc3 Ag7 4.e4 d6 5.Cf3 0–0 6.Ae2 e5)

Pero entonces, el general cometió un acto de osadía. Ordenó una ofensiva directa por el centro, confiado en su superioridad táctica.

(12...Cfxe4)

La maniobra abrió brecha, ganó terreno... pero dejó el flanco derecho expuesto, desprotegido ante los grupos enemigos que aguardaban ocultos entre la maleza y la niebla matinal.

Fue un golpe devastador. Mégan, confiado en su iniciativa, no previó la trampa. El enemigo atacó por la colina lateral con una velocidad sorprendente. El centro del ejército se fragmentó. La cadena de mando tambaleó. El general cayó, abatido por una flecha que surgió del bosque como un relámpago inesperado. De inmediato, un silencio breve se rompió en gritos desordenados. Los cuernos de mando sonaron confusos, la formación central se abrió como un telón rasgado por un viento furioso y la infantería empezó a desbandarse entre humo, polvo y relinchos desesperados.
La figura clave había desaparecido, y con ella, el pulso del ejército.

(13.Axd8)

La batalla pendía de un hilo.

Fue entonces cuando Roderic —segundo al mando— emergió desde la retaguardia. No lo hizo con gritos ni gestos teatrales. Se abrió paso entre la confusión, reorganizó los grupos dispersos, ordenó una retirada parcial para reagruparse, y lanzó un contraataque sorpresivo por el ala izquierda.

(13...Cxc3 14.De1 Tfxd8 15.Tc1 Cxa2 16.Ta1 Cb4)

Fragmentó la línea enemiga desde adentro, mientras dos centurias de caballería atravesaban el campo en diagonal como una lanza que busca el corazón.

(17.Ad1 e4)

La ofensiva fue audaz, pero no temeraria. Era calculada, medida, ejecutada con precisión quirúrgica.

El enemigo intentó resistir, pero las líneas defensivas colapsaron.

(18.Tb1 Te8 19.De3 f5 20.h4)

Las oleadas de soldados del Reino avanzaban como un torrente que rompe un dique. Los flancos enemigos, desconectados, quedaron a merced de los lanceros.

Los jinetes, ágiles y veloces, parecían moverse como caballos en un tablero, ocupando cada casilla clave en el momento justo.

(30…Cf4+ 31.Rg1 Ccd3)

Uno a uno, los oficiales mercenarios cayeron. El líder rebelde, herido y acorralado, se negó a rendirse. Luchó con tenacidad hasta el final. Su cuerpo yacía, aún con la espada en alto, cuando todo cesó.

(34.Cf3 g4 35.Cxe5 Txe3)

Roderic desmontó en silencio. Llevaba aún el casco puesto, la espada desenvainada y los ojos encendidos por algo que no era triunfo. Avanzó entre cuerpos y humo, con las botas hundiéndose en la ceniza caliente. No buscaba celebraciones ni glorias.

Caminaba hacia la sombra, ese borde invisible que toda victoria esconde.

Cada paso era un peso. Cada cuerpo en el suelo, un espejo de lo que pudo ser. Sentía la sangre hervirle en las venas, no de furia, sino de algo más oscuro, más sutil: el deseo sombrío de borrar todo rastro, de extinguir por completo no solo al enemigo, sino su memoria.

Se arrodilló junto al enemigo caído. La espada seguía firme en su puño. El rostro del vencido lo miraba con ojos aún abiertos. Y entonces, como si emergiera de la propia ceniza, resonó dentro de él la voz de Mégan, dicha días antes como un susurro de la conciencia:

—*Si miras mucho el abismo, el abismo mira en ti.*

Roderic cerró los ojos. La respiración pesada resonaba en el interior del casco. El odio retrocedió. No del todo, pero lo suficiente.

Suspiró hondo. Lentamente, se quitó el casco y lo dejó a un lado, como si al hacerlo liberara parte del peso. Luego envainó la espada, con un gesto firme y sereno.

Había ganado. Pero entendía, al fin, que la verdadera victoria no era derrotar al enemigo, sino no permitir que él mismo lo habitara.

Se puso de pie. Miró a sus hombres con la frente alta y dijo con voz firme, casi cortando el aire:

—Respeten a este hombre. Su juicio erróneo y su moral cuestionable... no deben arrastrarlos a la sombra.

Y así lo hicieron.

La batalla había terminado. Pero lo que comenzaba a alzarse, entre las ruinas, no era un nuevo poder… sino una idea.

Una forma distinta de liderazgo.

Uno que no se impone desde el mando… sino que florece desde el ejemplo.

Máxima:

"Un verdadero líder no se impone desde el trono, sino que se alza desde el barro, cuando el tablero tiembla y las piezas dudan de su lugar."

Nota del autor:

La estructura estratégica de esta batalla se inspira libremente en una joya del ajedrez moderno: la partida jugada por Garry Kasparov contra Vladimir Kramnik en Múnich, en 1994.

En ella se aprecia no solo el espíritu aguerrido que definió a Kasparov —esa fiereza que cautivó a generaciones enteras de aficionados—, sino también una comprensión posicional profunda, una armonía ejemplar en la coordinación de sus piezas y, por sobre todo, el valor de llevar adelante un sacrificio de dama en plena apertura.

La decisión no fue tomada ante un adversario cualquiera, sino frente a uno de los más sólidos y férreos defensores en la historia del ajedrez.

Este homenaje no busca replicar movimientos, sino reflejar esa actitud: la osadía de pensar más allá del cálculo inmediato, la capacidad de intuir belleza en medio del riesgo, y la convicción de que, incluso frente a muros aparentemente impenetrables, la claridad estratégica y el coraje pueden abrir camino.

La batalla había sido ganada, pero no así la guerra. Esa misma noche, mientras el polvo aún flotaba sobre los campos de Zelmira, llegó un pequeño destacamento enviado desde el Este: curanderos, herboristas y algún que otro boticario con frascos bien ordenados y mirada de alquimista. Montaron un campamento precario a un costado del río Tharnis, testigo silente del choque de aceros. Entre piedras oscuras, raíces desnudas y un agua teñida de rojo, atendieron a los heridos y cercaron a los prisioneros.

Al día siguiente, cuando el humo de los incendios comenzaba a disiparse, una nueva formación de dos mil hombres descendió por la garganta oriental. Era un relevo militar completo, con estandartes del reino, víveres y protocolos de reorganización territorial. A ellos correspondería resolver el destino político de Zelmira. Roderic, por su parte, sabía que su deber allí había concluido.

Sin embargo, no partió de inmediato. Participó en la tarea de recoger los cuerpos caídos, muchos de ellos irreconocibles, cubiertos con lienzos o ramas. Se cavó una fosa común al norte, en un claro sin nombre. No hubo cantos ni salmos, solo silencio y tierra. Todos, salvo uno. A Mégan, el viejo comandante, lo envolvieron en una sábana blanca. Sobre una elevación de piedra construyeron una pira sencilla, pero digna. En el pecho, Roderic colocó la espada con la que Mégan lo había nombrado caballero.

Cuando el fuego comenzó a alzarse, Roderic se mantuvo en pie frente a la llama y dijo: —Este hombre me enseñó que el valor no se mide por el estruendo de una carga, sino por la firmeza al defender lo justo cuando nadie observa.

Luego, frente a capitanes y soldados que lo escuchaban en silencio, pronunció unas palabras sencillas, sin alzar la voz, pero tan hondas que muchos no las olvidaron jamás:

—A los ojos de este hombre juré servir al bien y no al poder, defender al desamparado y conducirme por el camino de la verdad, aun si ese camino me lleva a la muerte.

Y añadió:

—Hoy, ante ustedes, renuevo aquel juramento. Porque no hay victoria que valga si olvidamos a quienes nos enseñaron a luchar sin perder el alma.

Varios capitanes inclinaron la cabeza. Algunos no lograron contener las lágrimas. No eran palabras ensayadas, sino el testimonio sincero de alguien que había aprendido a liderar no desde el mando, sino desde la gratitud.

Solo entonces, con el alma marcada por la pérdida y la conciencia del deber cumplido, Roderic emprendió el regreso junto a sus hombres.

El sol declinaba sobre las almenas del castillo del Valle del Mediodía cuando los estandartes de las primeras columnas cruzaron los portones de hierro. No hubo vítores ni festejos estruendosos, sino un silencio denso como la historia. Roderic cabalgaba al frente, su armadura cubierta de polvo y sangre seca, los ojos cansados y la frente alta.

No parecía un vencedor, sino un hombre que había visto demasiado. A su paso, los centinelas inclinaban sus lanzas con respeto contenido. A la espera de la llegada del resto de las fuerzas desde diversos frentes, los consejeros y miembros del consejo real se reunieron en la Sala del Trono. En solemne sesión, discutieron el retorno de las tropas y la figura de Roderic, cuyo temple y liderazgo habían marcado la diferencia en Zelmira. La atmósfera fue de respeto silencioso, conscientes de que aquella victoria representaba un nuevo capítulo para el reino.

Horas después, cuando los últimos regimientos cruzaron el umbral del patio de honor, la comitiva real aguardaba en formación. La Reina Madre Cassia —regente del Reino del Valle del Mediodía y madre del niño príncipe Fendrick— descendió los escalones de mármol, vestida con un manto ceremonial de púrpura sombrío, propio de los días de duelo y reconocimiento. No llevaba corona, pero su sola presencia imponía más que cualquier ornamento.

—Roderic, hijo de los vientos y de la lanza —dijo con voz serena—, en nombre del consejo y de la sangre real, hoy eres reconocido por tu valentía, tu juicio en el combate y tu lealtad inquebrantable.

Se acercó lentamente. Roderic inclinó la cabeza con respeto. La Reina Madre Cassia, envuelta en paños de luto noble, le colgó al cuello la Medalla de Oro del Honor Militar, una joya única forjada en los talleres de la capital.

Luego, con voz clara ante todas las fuerzas reunidas, proclamó:

—En nombre del Reino del Valle del Mediodía, y por decisión unánime del Consejo Real, te confiero el título de Teniente General del Ejército de Caballería.

El ejército entero rompió el silencio con un aplauso contenido; más que celebración, era un reconocimiento al precio pagado.

Desde el estrado, avanzó el consejero Almoric, un hombre de mirada afilada y palabras medidas. Sus túnicas negras y el bastón de estratega daban testimonio de su autoridad, pero su voz era la de quien nunca muestra todas sus cartas.

—General Roderic —comenzó, mirando a la multitud y luego clavando sus ojos en el guerrero—, el reino aún necesita de tu espada y tu juicio.

Se hizo un leve silencio.

—La región de Ravendor, en el norte más áspero, se ha sublevado. Algunos líderes tiránicos se alzaron contra la corona, sometiendo al pueblo a su antojo. El consejo ha decidido que tú, y sólo tú, encabezarás la campaña para devolver la justicia a esa tierra.

Roderic asintió con firmeza. Pero sus ojos, acostumbrados a leer entre líneas, no pasaron por alto la ambigüedad del encargo, ni el énfasis en la palabra "justicia". Y en esa ambigüedad, sintió que el filo de su deber se tornaba más incierto que nunca.

Almoric continuó:

—Recibirás apoyo en el momento oportuno. Confía en la voluntad del consejo. El oro del reino ya está en movimiento.

Sin más explicaciones, bajó la vista y retrocedió. Como quien desplaza una pieza decisiva... y deja una estela de oscuridad.

Esa noche, Roderic permaneció en vela, de pie junto a las murallas. Observaba hacia el norte como quien presiente un laberinto de hierro y ceniza. Había ganado batallas antes, pero ahora, en su pecho, se agitaba una inquietud distinta. No por los enemigos alzados, sino por el modo en que el deber parecía volverse cada vez más opaco.

Máxima:

"Porque en la sombra del deber, no siempre brilla la claridad, pero es allí donde el verdadero valor forja su legado."

La región de Ravendor era tierra de valles amplios, poblados antiguos y comunidades aisladas, con un acento propio y costumbres que el Consejo Real nunca comprendió del todo. Durante años reclamaron mayor autonomía: el derecho a elegir a sus jueces, nombrar su propio consejo comunal, comerciar sin tributos hacia el sur. Sus cartas fueron ignoradas. Sus emisarios, rechazados sin audiencia. Luego llegaron los rumores: se habían alzado en armas, desconocían a la corona, algunos líderes hablaban de independencia.

Eso bastó.

En los salones del castillo, el estratega Almoric trazó mapas y firmó decretos. Se adquirieron arcabuces, mosquetes de mecha lenta, algunos cañones de bronce... y se formó una columna que marcharía con Roderic al frente. No para negociar, sino para sofocar.

Roderic creyó que enfrentaría a una milicia organizada. Había combatido antes contra enemigos armados, contra traidores con bandera oscura. Pero cuando llegó al borde de Ravendor, encontró aldeas en silencio, caminos sin vigías, la inquietante quietud de quienes ignoran que están en guerra.

No recibió órdenes claras. Solo que avanzara. Que los refuerzos llegarían. Y llegaron. Hombres vestidos de negro, portando armas desconocidas que escupían fuego con estruendo. Roderic no había autorizado el ataque, pero cuando quiso hablar, el cielo ya estaba lleno de humo.

En menos de una hora, la resistencia se quebró.

Roderic descendió de su caballo antes de que cesaran los gritos. Caminó entre cuerpos tendidos como hojas caídas. No todos llevaban armas. Algunos apenas se cubrían con mantas. Vio a un anciano de rostro seco aun abrazando un cayado roto. Vio a un niño tendido junto a una mujer, los ojos de ambos abiertos al cielo. Y pólvora en las ropas de quienes jamás blandieron una espada.

Entonces comprendió. No era un ejército el que había caído. Era un pueblo.

Se detuvo junto a un árbol seco, como huyendo del campo de muerte. Algunos oficiales —rostros conocidos desde Zelmira, hombres que compartieron pan y frío— se acercaron en silencio. Hasta que uno, de voz grave, dijo:

—¿Lo viste, Roderic? —preguntó Cedric, con un tono más herido que acusador.

—Lo vi —respondió sin mirar a nadie.

—Nos dijeron que eran sublevados, soldados con lanzas...

—Nos dijeron muchas cosas —replicó Brenor—, pero allí no había guerra, sino una familia defendiendo su hogar.

—¿Y nosotros qué somos ahora? —preguntó Argán, joven, pero con la frente arrugada como si ya conociera todas las respuestas— ¿Mensajeros de justicia o verdugos con estandarte?

El silencio se hizo largo. Roderic se apartó unos pasos, con la mirada clavada en el horizonte ennegrecido.

—No vine a servir una corona que miente —dijo finalmente—. Juramos proteger al pueblo, no asesinarlo.

—¿Entonces qué haremos? —insistió Cedric.

Roderic apretó los puños. Estaba consternado. No sabía cómo seguir después de aquello. No tenía aún una decisión, solo una pregunta que se abría como herida: ¿y ahora?

A lo lejos, el humo seguía elevándose. No eran señales de victoria, sino brasas de un juicio aún sin nombre. El fuego no se limitaba a quemar casas. Había alcanzado algo más profundo: la conciencia de los hombres.

Máxima:
"Porque la justicia que se impone con fuego nunca es justicia, y el verdadero valor es reconocer la sombra que dejamos tras la espada."

Capítulo VII – La Desobediencia del Justo

Esa noche, Roderic volvió a su tienda en silencio. La medalla de oro aún colgaba de su cuello, pero pesaba como una deuda imposible de saldar. Lavó su rostro en un cuenco de agua turbia, como si pudiera borrar la atrocidad presenciada ese día. Al mirarse en el espejo de metal, esperaba encontrar al hombre que creía ser. Pero la imagen devuelta no mostraba a alguien honorable.

No vio un general. Vio a un verdugo sin causa. Partió el espejo de un golpe cargado de rabia. Dio unos pasos atrás buscando aire. Respiraba con dificultad, entrecortado. Se dejó caer en un rincón, tomando su cabeza con ambas manos, tratando de comprender lo ocurrido. No había consuelo. Con un tirón brusco, arrancó la medalla, la observó unos segundos y la arrojó con bronca al otro extremo, junto a sus pertenencias. Y buscando una calma que no llegaba, se echó sobre la litera, entre refunfuños sordos, lágrimas de desahogo y suspiros que pesaban como piedras.

Horas después, en los márgenes del campamento, lo aguardaban los mismos hombres que lo habían seguido bajo el roble seco.

—¿Y ahora? —preguntó Cedric, buscando una respuesta que calmara esa furia que corría por sus venas.

Roderic los miró uno por uno, hasta que el silencio se tensó lo suficiente como para soltar lo que ya no podía contener.

—Vamos a poner fin a esta barbarie… y evitar que una nueva masacre ocurra.

Nadie respondió, pero respaldaron la decisión y lo siguieron en silencio, entre las sombras, sin dudar de lo que debían hacer.

Argán se adelantó, trepando al muro norte para vigilar los alrededores. Cedric y Brenor aguardaban en la hondonada, resguardados por los sauces, listos para cargar los fardos de leña y aceite si era necesario. El resto, disperso, fingía dormir entre los carros.

Roderic se detuvo ante el portón del depósito. El candado apenas colgaba, oxidado y sin cerrojo firme. Nadie montaba guardia; nadie esperaba traición de los propios. Empujó la madera con suavidad. El portón cedió con un chirrido extraño, como si revelara un secreto largamente callado. Adentro, en la espesura de la oscuridad, dormían bajo mantas negras decenas de mosquetes, barriles de pólvora y cajas selladas con símbolos extranjeros. El aire olía a encierro, a metal, a decisiones demasiado turbias para ver la luz del día.

No alzaron la voz. No conspiraron. No hubo discursos. Solo fuego como respuesta.

Las mechas ya estaban preparadas. Cedric encendió la primera con manos firmes. Brenor soltó el aceite entre los barriles. El crepitar fue inmediato. En segundos, las llamas treparon los estantes como raíces ardientes buscando el cielo.

Las explosiones sacudieron el valle. El rugido despertó a los centinelas. Desde la colina, Roderic y los suyos veían la fragua arder como una bestia herida.

Cabalgaron antes de que llegaran las órdenes de captura. Cruzaron bosques dormidos, vadeando ríos helados y caminos sin nombre. Atrás quedaba un reino cada vez más ajeno. Adelante, la niebla de lo desconocido.

—¿Adónde vamos? —preguntó Argán.

Roderic no dudó:

—Al sur. A Veyra. A sembrar algo que no nazca de la pólvora.

Hubo un instante de silencio. El crujido de las sillas de montar, el resoplido de los caballos, el rumor distante del incendio aún crepitando detrás.

Entonces, uno a uno, sus capitanes se miraron. No dijeron nada. Pero en esas miradas había una certeza callada, un juramento tácito: ya no había vuelta atrás, y tampoco la querían. Solo asintieron sin remordimiento alguno.

Y cabalgaron hacia el sur.

No sabían entonces que esa semilla, sembrada en la desobediencia, daría años más tarde raíces a un reino nuevo. Uno de justicia. Uno con torres en los cuatro vientos.

Las explosiones no solo destruyeron los arsenales. Encendieron preguntas. En los días que siguieron, se inició una investigación oficial. Lo que a todas luces era un atentado obligaba a encontrar responsables. Se desplegaron pesquisas en cada destacamento, se interrogaron oficiales, se analizaron documentos.

Las primeras sospechas recayeron sobre Roderic y varios de sus capitanes, quienes no se presentaron en los días posteriores. Algunos afirmaban que habían desertado. Otros, que habían muerto en la explosión o huido con armas. La incertidumbre crecía. Pero entonces llegaron las cartas.

Procedían de aldeas de Ravendor. Las firmaban sabios, maestros, curanderos y soldados veteranos. Dirigidas directamente a la Reina Cassia, no pedían venganza ni desagravio. Solo una cosa: ser reconocidos como un pueblo libre para reconstruirse, sin obedecer a un Consejo que había permitido su aniquilación.

En esas cartas no se proclamaba ninguna rebelión contra la corona. Se hablaba de autonomía, de justicia, de la necesidad urgente de crear nuevas instituciones que protegieran a los suyos. Se mencionaba que entre ellos había hombres y mujeres nacidos en tierras del Reino, formados en sus escuelas, soldados que habían jurado lealtad pero no ceguera.

Las palabras de Ravendor llegaron como relámpago a la Corte. A través de ellas, la Reina comprendió lo que durante meses se había negado a ver: que Almoric, su Ministro de Guerra, no solo había secado las arcas reales con la compra desmedida de armas, pólvora y cañones, sino que había manipulado al Consejo, ocultado informes y fabricado un enemigo para justificar su sed de poder.

Su próximo objetivo era Nareth. Ya había enviado emisarios al sur, y muchos sabían que no habría mediación posible.

La reina Cassia, tras leer en voz alta esas cartas en el Gran Salón, tomó una decisión. Almoric fue arrestado y sus bienes requisados. Los pocos recursos que quedaban se destinaron a ayudar a las familias de Ravendor y a reconstruir la región.

Y sobre Roderic y sus capitanes... no se volvió a hablar oficialmente. Nadie los declaró héroes. Nadie los persiguió. Desaparecieron de los informes.

Se esfumaron como muchos otros que, al ver morir a inocentes bajo las banderas de su propio Reino, eligieron no volver. No renegaban de su tierra, pero tampoco podían continuar bajo una corona que confundía obediencia con complicidad. Buscaron otros horizontes, otras formas de lealtad. Algunos fundaron escuelas en los márgenes, otros defendieron aldeas sin nombre. No alzaron nuevas banderas: sembraron dignidad en silencio.

Mientras tanto, en los jardines del Palacio, el joven príncipe Fendrick jugaba con una espada de madera, desafiando sombras que solo él veía, ajeno al humo del norte y al peso de la historia que se escribía sin su nombre. Dos guardias lo custodiaban a distancia, y sus risas se confundían con el canto de los mirlos al caer la tarde.

Dentro, en el Gran Salón del Consejo, la Reina Cassia cerró el pliego de la última carta, con la lentitud de quien ya ha comprendido demasiado, y habló con voz grave, sin elevar el tono pero sin dejar espacio a réplica:

—Ningún pueblo puede sostener una corona que olvida para quién gobierna. Si el sur quiere ser libre, que lo sea. No vamos a retener lo que se nos escapa por desidia. Hoy, nuestra única lealtad debe ser con aquellos que aún buscan amparo bajo esta corona. Debemos unir esfuerzos para sostener... lo que aún puede salvarse.

Máximas:
"Donde la justicia es traición, la desobediencia es el primer deber."

"No todos los que abandonan un reino lo hacen por cobardía. Algunos lo hacen por haberlo amado demasiado."

Capítulo VIII – El Comandante del Silencio

Primera Parte: Espadas Comunes

Roderic llegó a Veyra acompañado por sus leales capitanes. Allí lo esperaba Árgenor, su padre, quien, sin preguntas ni reproches, les brindó refugio y cobijo. En la tranquilidad de su tierra natal —entre los viejos robles, los campos ondulados y la brisa que olía a infancia y trigo maduro— Roderic encontró un lugar para reencontrarse consigo mismo y con sus raíces.

Pasaron semanas de quietud. Los capitanes, acostumbrados al vértigo del campo de batalla, reposaban sin un rumbo claro, bebían por costumbre y, en las largas tardes de otoño, se dejaban vencer por el hastío.

Sin embargo, algo empezaba a gestarse en la región. Por entonces, las principales familias de Nareth habían comenzado a contactarse con una frecuencia inusitada. En sus cartas circulaban expresiones de desencanto por el trato distante de la corona del Valle del Mediodía, la creciente fragmentación del norte y los primeros alzamientos en Zelmira, Angros y Ravendor. A esa inquietud inicial se sumaba la incertidumbre del porvenir, pero también la certeza naciente de que ya no bastaba con esperar gestos de la Corona. Era tiempo de imaginar un futuro distinto para las tierras sureñas, tantas veces olvidadas y postergadas.

Fravién y Árgenor, atentos a ese murmullo cada vez más articulado, convocaron una serie de reuniones preliminares. La primera tuvo lugar en las Llanuras del Alba, en la casa de Fravién, donde se encontraba el principal asiento de sus negocios. Más tarde, los encuentros continuaron en las Montañas Suaves de Ardoria, en el terreno que albergaba su casa, la antigua panadería de sus inicios, la taberna y el molino harinero.

Cada encuentro sumaba nuevos rostros: nobles de las aldeas de Telmar y Ardoria, marinos de Nareth, sabios de Velhoria y representantes de Lavial, Veyra y los Montes Grises.

Con el tiempo, fijaron como punto de reunión una vieja estructura deteriorada, que alguna vez —según los relatos más antiguos— fue una fortificación destinada a custodiar un paso fronterizo. Allí, entre muros agrietados por el tiempo pero aún firmes en su silencio, comenzó a tomar forma el germen de una alianza que ya no respondía a una corona lejana, sino a una idea compartida: la dignidad de sus pueblos.

Roderic no tardó en interesarse. Al principio acompañó a su padre a algunas reuniones como oyente respetuoso. Pero su voz —acostumbrada al mando, templada por la guerra y el dolor— pronto encontró su lugar entre las demás. Fue ganando respeto y, con el tiempo, llevó al Consejo ya constituido sus propias propuestas: una nueva Guardia Común, nacida no para dominar, sino para custodiar ese sueño de libertad que empezaba a florecer en las cinco regiones de Nareth.

Entonces, algo cambió. Aquellos capitanes suyos —hombres rudos, de cicatrices hondas y pasados inciertos— comenzaron a enderezar la espalda. A mirarse con otros ojos. Ya no eran solo soldados sin causa: la posibilidad de servir a algo justo les devolvía el brillo en la mirada. Inspirados por la visión de Roderic, salieron a buscar a viejos camaradas que habían desertado de la Corona y a convocar voluntarios entre los pueblos. Empezaron a instruir a los jóvenes, a entrenar en los campos abiertos, a levantar campamentos.

Con el paso de las semanas, los antiguos capitanes de Roderic —Cedric, Brenor, Argán y otros— emprendieron viajes breves, a caballo, por senderos que conocían de memoria. Recorrieron aldeas perdidas, antiguos puestos de guardia y caminos secundarios donde solían pasar desapercibidos los desertores.

En más de una ocasión, se encontraron con rostros endurecidos, hombres que habían enterrado su uniforme por vergüenza o miedo, y que ahora vivían como herreros, pescadores o simples pastores. No llevaban estandartes ni promesas. Solo una frase:

—No vinimos a reclutar soldados —decían—. Vinimos a recordarles que aún hay algo por lo que vale la pena empuñar una espada. Y si alguno desea hacerlo por un reino de justicia y dignidad... buscadnos en Veyra.

Uno de esos viajes llevó a Argán hasta las sierras de Briven, que rugían con el viento seco de otoño. A lo lejos, una chimenea solitaria desgarraba la uniformidad del paisaje. Allí vivía Haldor, cuyo cuerpo parecía esculpido por la misma roca que habitaba. Cuando Argán llegó, el silencio de la montaña se vio interrumpido solo por el crujir de las hojas secas bajo los cascos.

La cabaña era rústica; una espada oxidada colgaba sobre el hogar, y el silencio olía a leña y resignación. El gigante lo recibió con los brazos cruzados.

—¿Tienes suficiente valor para venir solo hasta aquí, o acaso eres un joven insensato? —gruñó, sin invitarlo a entrar.

Argán sostuvo la mirada y respondió sin titubear:

—Mi insensatez no fue venir hasta aquí. Fue haber creído, durante años, que hombres como tú soñaban con un reino de justicia y prosperidad... Jamás pensé que se retiraban a la montaña mientras callaban frente a la miseria.

El aire se volvió tenso. Haldor no contestó de inmediato. Caminó hacia la espada colgada, la tomó y la sostuvo un momento entre las manos, como calculando el peso de su decisión, como recordando qué sentía al empuñarla. Luego la dejó con suavidad sobre la mesa.

—Tienes valor. Admiro eso —dijo con voz grave—. Espero que también lo tengas en el campo de batalla, porque no siempre voy a estar a tu lado.

—No te preocupes por mí —dijo Argán—. Acompáñame a Veyra, y juntos escribamos la historia.

Horas más tarde, Haldor cabalgó junto a él rumbo a Veyra. No dijo palabra en el camino, pero su sola presencia bastaba. Cuando llegaron, los demás veteranos lo vieron descender del caballo en silencio. Y supieron que algo estaba cambiando.

Y así, sin tambores ni juramentos, la Guardia Común comenzó a crecer. No era un ejército tradicional. Cada destacamento traía consigo sus costumbres, pero todos compartían un código común. Así, lentamente, la Guardia Común se consolidaba como un murmullo de justicia que avanzaba entre las piedras del sur —una milicia de propósito, forjada en el cruce de memorias heridas y sueños nuevos, en defensa de un orden más digno.

En las semanas que siguieron, la Guardia Común extendió sus pasos más allá de Veyra, desplegándose en misiones que, aunque humildes, forjaban el cimiento de un reino por nacer.

En Velhoria, bajo la sombra protectora de sus imponentes árboles, Roderic y sus hombres colaboraron en la construcción de una acequia rudimentaria. Utilizando la madera resistente del bosque, levantaron canales que conducirían el agua del río Teryandel hacia tierras sedientas. El trabajo fue arduo, mezclando la fuerza de la espada con el fragor constante de la herramienta. Y de esta manera, la espada no mandaba, sino que abría surcos junto a las manos campesinas.

Los aldeanos, al principio recelosos, terminaron reconociendo que aquellos soldados no buscaban imponer, sino sostener la vida misma en sus tierras.

Mientras tanto, en Ardoria, destacamentos de la Guardia escoltaron caravanas cargadas con hierro y oro, tesoros extraídos de las minas que prometían reconstruir el tejido económico del sur. En los pasos más peligrosos, donde las sombras de los bandidos acechaban, sus hombres desplegaron vigilancia y paciencia. La restitución de la tranquilidad fue paulatina, y cada caravana que llegaba segura reforzaba la esperanza.

En Telmar y el Paso del Silencio, los centinelas de la Guardia se mantuvieron firmes, observando el horizonte. En la región norteña, el viento llevaba rumores de movimientos extraños, y la vigilancia era un juego de ojos y silencios. Cada patrulla, cada encuentro sin fuego, era una victoria discreta que consolidaba la presencia de un orden emergente.

En las Llanuras del Alba, la Guardia no solo empuñaba armas. Entre campamentos y aldeas, distribuían alimentos y hierbas medicinales, ayudaban a reconstruir cercas derribadas por el viento, y compartían historias y sonrisas con quienes comenzaban a creer que otro tiempo era posible.

Así, en el cruce de estas pequeñas campañas, se tejía la red invisible de un reino que aún no tenía trono, pero que ya empezaba a sostenerse en la justicia, la esperanza y la dignidad compartida.

En las últimas misiones, por decisión conjunta del Consejo, habían comenzado a portar un emblema común: cuatro torres erguidas sobre un tablero dividido en claroscuros, cada torre en un cuadrante opuesto. No era un símbolo de conquista, sino de orden. Inspirado en el ajedrez —del que tomaba forma y espíritu— evocaba una manera de pensar antes que de combatir: blanco sobre negro, negro sobre blanco. Un equilibrio de contrarios, un diálogo entre fuerzas.

Así nació el símbolo de las cuatro torres: un recordatorio de que, en el ajedrez de la vida, la mayor victoria es mantener la armonía. Porque cada torre que se alza lo hace para proteger, no para conquistar; a fin de preservar la paz antes que alcanzarla por la espada.

No mucho tiempo atrás, en la incipiente escuela de pensamiento estratégico que comenzó con apenas un par de veteranos y sabios alrededor de un fuego, se asentaron los primeros principios:

—La espada que guarda sin humillar.

—Vigilar sin aplastar.

—La fuerza no será nunca argumento, sino recurso.

Roderic no dictaba lecciones. Escuchaba, observaba, preguntaba. Y cuando hablaba, el silencio era completo. Los campesinos lo llamaban "el que se agacha para sembrar", porque, aun en su rol de comandante, seguía ayudando a alzar cercas, empujar carretas o sembrar con sus propias manos allí donde la tierra lo pedía.

No tenía ni corona ni trono. Pero cuando Roderic cabalgaba al frente de la Guardia Común, las aldeas sabían que no venía a imponer orden, sino a devolverlo. Su figura, envuelta en una capa parda sin distintivo alguno, se confundía a menudo con la de sus hombres, pero su andar revelaba otra cosa: la firmeza de quien carga una causa y no un mandato.

En una aldea cerca del Río de la Espuma, después de sofocar un conflicto entre dos clanes por el uso del agua, Roderic se sentó en la ribera con unos niños que jugaban con piedras. Uno de ellos le preguntó si era cierto que tenía una medalla de oro.

—La tuve —respondió—. Pero el oro no alimenta la tierra, ni cura el hambre. Un día la dejé sobre esta piedra y se la llevó el río. Quizá haya servido para algo.

Nadie supo si era verdad. Algunos decían que la había arrojado con rabia. Otros, que la entregó a unos huérfanos para que pudieran comprar comida. Pero lo cierto es que, desde entonces, Roderic no volvió a portar otra distinción que la mirada de su gente. Y nadie volvió a preguntar por su medalla. Porque ya sabían dónde estaba: en cada valla reparada, en cada acequia construida.

Entre sus capitanes estaban los mismos que, bajo un roble seco, juraron no obedecer nunca más a ciegas. Llevaban en la piel las cicatrices de antiguas batallas, y en sus espadas gastadas vivía el eco de un tiempo en que jurar lealtad significaba poner el alma en juego. Ya no necesitaban dar órdenes, ni escuchar arengas: bastaba una mirada, y el recuerdo de aquel juramento bajo las ramas desnudas.

Uno de ellos, Cedric, al ver a Roderic ayudar a reconstruir una empalizada derribada por el viento, le dijo en voz baja:

—Podrías ser rey, Roderic. El pueblo ya te mira como uno.

Roderic sintió el peso de esas palabras, como si el título no fuera un honor, sino una carga aún más pesada. No respondió.

Continuó clavando estacas en la tierra, con las manos curtidas y la frente sudada. Solo cuando terminaron la valla, dijo despacio:

—Tal vez. Pero primero hay que construir algo que merezca ser cuidado.

Aquella noche, en la pequeña escuela de pensamiento, bajo un techo de ramas secas, un anciano sabio anotó en su cuaderno de pergamino:

"Cuando un líder no desea mandar, y aun así conduce con justicia, el Reino ya ha comenzado, aunque nadie lo nombre."

Máximas:
"Gobernar sin deseo de mando es el primer paso para conquistar la verdadera libertad del pueblo."

"No manda el que gobierna, sino el que inspira con su ejemplo."

Cuando la Guardia Común dejó de ser un anhelo y se volvió carne, el sur comenzó a respirar distinto. No nacía un ejército como los antiguos, sino una milicia de pueblos: dispersa en la geografía, unida en propósito. Sus líneas no se escribieron en mapas, sino en vínculos. Sus cimientos no se alzaron con decretos, sino con herramientas, sudor y confianza.

Cada región de Nareth asumió un rol, según su geografía, sus memorias y lo que sabía dar sin ser forzada. Así se tejió lo que muchos empezaron a llamar el *Brazo de los Libres*: cinco regiones unidas, con puestos de entrenamiento y vigilancia dispersos en puntos estratégicos, pero latiendo con una sola esperanza.

En **Velhoria**, los árboles altos enseñaban silencio y resistencia. Allí, bajo la guía de **Waldric**, hombres y mujeres entrenaban entre maderas vivas. Aprendían a cortar sin dañar, a cargar vigas, a levantar estructuras sin perder el equilibrio. Se seleccionaban troncos nobles y resistentes, destinados a los postes principales y a los andamios de las cuatro torres vigías.

En los Bosques de Loria y en Monte Estelar, el entrenamiento no comenzaba con espadas, sino con hachas. Los más jóvenes aprendían a trepar, a sostener su peso con cuerdas, a fundirse en la arboleda. "La madera sabe quién la toma", decía Waldric, "y quién la desperdicia".

En **Ardoria**, las montañas ponían a prueba la voluntad. **Haldor**, curtido en mil batallas, organizaba el transporte de piedra para las torres. No se hablaba de guerra, sino de trabajo. Grupos de reclutas ayudaban a mover bloques desde las canteras hasta los caminos, y de allí a Telmar y Orfrán. La piedra gris y firme de Ardoria sería la base de las torres.

Allí también operaba **Brenor**, en las viejas minas reactivadas, donde se forjaba el hierro que permitiría erguir vigas, reforzar portones y fundir herramientas y armas. Bajo tierra, entre chispa y polvo, los reclutas aprendían que el calor también templa el espíritu.

Y por sobre ellos, **Argán** observaba desde las alturas. Como un vigía sin uniforme, se internaba en los riscos y mesetas más elevadas, oteando los caminos y controlando el Paso del Silencio. Su silencio no era mutismo, sino foco. Le decían "el águila", porque su mirada no descansaba ni en la bruma.

En **Nareth**, el mar traía vientos y temores. Allí **Gawain**, marino veterano, organizaba cuadrillas mixtas de obreros y marineros, encomendadas a tareas dobles: levantar los primeros cimientos de la Torre Austral —sobre los riscos del sur— y preparar una futura red de vigilancia costera, aún en gestación. No había estandartes ni clarines. Solo sogas, tablones, herramientas y mapas. Las piedras llegaban por caravanas, la madera por balsa. Todo era lento, pero firme.

En **Telmar**, en las colinas del norte, avanzaban los preparativos para la Torre Boreal. Se buscaba no sólo controlar la región, sino custodiar la memoria del pasado. Los gemelos **Calión** y **Elión**, ligeros como el viento que cruzaba las praderas de Lavial, iban y venían entre Telmar y Orfrán llevando informes, respondiendo a urgencias, y escoltando convoyes de materiales.

Ellos, junto a **Cedric** —que recorría el trayecto entre Nareth y Orfrán—, formaban una red de mensajeros y escoltas. Sus caballos no conocían descanso, pero su lealtad tampoco conocía pausa. Cedric, más curtido, enseñaba a los más jóvenes a leer el terreno y a no hablar más de la cuenta. "El mensaje no es tuyo. Vos sos la flecha que lo lleva", repetía.

En **Orfrán**, donde comenzaba a delinearse el centro político y moral del movimiento, **Roderic** se mantenía presente en cada campamento: escuchaba informes, cargaba vigas, atendía heridos y orientaba nuevas decisiones. Aunque su figura no buscaba imponerse, muchos sabían que el ritmo de esa nueva organización latía al compás de sus silencios y palabras. Desde ese corazón central de Nareth, sus decisiones trazaban cauces, su ejemplo ordenaba sin necesidad de mandar. Era el Alma que mueve el Brazo.

A su lado, **Veltor**, voz respetada entre los hombres del sur, afinaba mapas y propuestas con mirada crítica, buscando siempre el equilibrio entre prudencia y acción. Las rutas, los turnos, los suministros, las prioridades: todo pasaba por esa mesa sin mármoles, pero con huellas de barro y tinta.

Aunque las discusiones sobre el futuro sistema de gobierno aún no estaban saldadas, había consenso en algo: lo que nacía allí no era un reino en busca de poder, sino un territorio en busca de dignidad. Las torres —la Boreal, la Occidental, la Oriental y la Austral— no eran símbolos de supremacía, sino centinelas del alma del sur.

En distintos campamentos diseminados, se ofrecía entrenamiento físico y militar básico a todo hombre o mujer capaz de levantar una espada y dispuesta a defender ese sueño compartido. Se enseñaba arquería, formación a caballo, lectura de señales y defensa de aldeas. Cada grupo, según su origen, encontraba un rol.

En las Praderas de Lavial y las Tierras de Veyra, el arte de la caballería se perfeccionaba entre galopes y lanzas que parecían prolongaciones del viento. En los Montes Grises, Cedric moldeaba a los aspirantes en el manejo refinado de la espada, enseñando que un corte bien pensado podía evitar una guerra. Y más al este, en las Montañas Doradas de Ardoria, el entrenamiento se volvía una prueba de resistencia: allí los cuerpos se forjaban cargando piedra, respirando el aire áspero de la altura y aprendiendo que la fuerza verdadera nace del esfuerzo compartido.

Algunos llamaban a ese proceso "preparación". Otros, más antiguos, decían que era una forma de despertar. Los recién llegados no encontraban solo armas ni órdenes, sino una comunidad que construía mientras entrenaba, que vigilaba mientras sembraba.

Y así, sin proclamas ni aplausos, el sur se organizaba. La Guardia Común ya no era un puñado de veteranos, sino una red viva, tendida sobre campos, riscos, ríos y mares. Una red con rostro humano, y con una certeza compartida: lo que se defiende con justicia, se defiende mejor cuando nace desde abajo.

Muy lejos de allí, sin embargo, otras fuerzas también se movían. En las costas olvidadas del sur, donde las olas no piden permiso y los acuerdos no alcanzan, las mareas comenzaban a hablar en otro idioma.

Algunos pescadores, curtidos por años de tormenta, empezaron a notar señales extrañas en el horizonte. El mar tenía ese silencio espeso que sólo precede a lo desconocido. No era niebla, ni espuma, ni viento... Era otra cosa.

Y en los muelles que nadie vigilaba, se decía en voz baja que las aguas traían no solo sal... sino pasos.

Capítulo IX – Mareas del Desengaño

Primera Parte: Desembarco Encubierto

Mientras el Brazo de los Libres se extendía sobre tierra firme, en las costas del sur, algo distinto comenzaba a latir. No eran caravanas ni mensajeros. Era el eco de una vieja traición, que ahora regresaba con velas bajas y promesas oscuras.

El viento salado del sur traía un presagio que los pescadores más antiguos sabían leer en el susurro del oleaje y el olor del aire. No era el cambio de estación ni la amenaza de tormenta: era algo más denso, más tenso. Algo ajeno al mar y a sus ciclos.

Las primeras embarcaciones no levantaron sospechas. Algunos las vieron como un signo de renovación; otros, como parte del impulso costero que tantas veces quedó en promesas. Pero los ojos curtidos de la Guardia del Amanecer sabían que en la quietud también anida el engaño. Tres naves de velas sucias y mástiles oxidados atracaron en un muelle de piedra, antiguo y olvidado por las rutas comerciales. Luego llegaron otras cinco, cargadas de herramientas para la construcción del nuevo puerto. Pero los ojos atentos sabían distinguir un martillo de un mosquete.

En las aldeas costeras, los rumores crecían como la marea: hombres armados, de acento extranjero, habían sido vistos en tabernas, sobornando marineros, comprando planos del terreno. Vestían como obreros, pero se movían como soldados. Y respondían a órdenes que no provenían de consejo ni guardia alguna.

La Torre Austral, sobre los riscos del Mar de Nareth, jamás se terminó de levantar. Algunos decían que las fundaciones se hundieron con la roca, otros que los vientos la hacían imposible.

Lo cierto es que su ausencia volvió al sur vulnerable. Por eso fue la Guardia del Amanecer, en sus puestos dispersos, la que detectó primero lo que venía.

La Guardia del Amanecer nació por iniciativa de Roderic, comandante de la Guardia Común, en respuesta a las necesidades estratégicas del sur, donde el mar aún era frontera incierta y promesa peligrosa. Pensada como una extensión litoral de la Guardia Común, su propósito no era la conquista ni el control, sino la vigilancia, el resguardo de rutas marítimas y la temprana advertencia ante cualquier incursión proveniente de ultramar.

El capitán Gawain, experimentado navegante y hombre de confianza de Roderic, fue designado para organizar sus primeras filas. Gawain, oriundo de Ardoria, no llevaba en los pies el polvo de las montañas ni el olor del hierro en la piel: olía a sargazo y a viento antiguo. Donde otros solo veían mareas, él descifraba intenciones.

Reclutó pescadores y antiguos marinos sin bandera, y con ellos trazó la primera línea de defensa costera. No construyeron fortalezas, sino puestos de observación. No llevaban capas ni estandartes, sino sogas, astrolabios y señales de humo.

No buscaban gloria, sino tiempo. Tiempo para que la marea del sur despertara antes de que el peligro se hundiera en sus costas.

El capitán Gawain, hombre de mar antes que de guerra, fue el primero en enviar un informe claro: no era una operación de carga, ni una travesía comercial. Era un desembarco militar encubierto. A esas alturas, al menos setecientos hombres habían pisado tierra armados, organizados, y con provisiones para una larga ocupación.

Pero ni las cartas ni las proclamas revelaban la verdad. El plan había sido diseñado tiempo atrás, cuando Almoric aún ocupaba su puesto como Ministro de Guerra y Finanzas. Desde su despacho en la capital, había desviado fondos, contratado capitanes de fortuna, y susurrado promesas a los oídos de tres casas nobles de Nareth: Cavendryn, Losmar y Ethelban.

—A cambio de vuestra lealtad —había dicho Almoric—, el nuevo puerto será vuestro. El comercio, vuestro. Y el mando de la región, compartido solo con aquellos que entienden el verdadero orden.

Almoric fue arrestado meses después, cuando la Reina Cassia descubrió sus maniobras. Pero el oro ya había sido entregado. Y los contratos sellados con sangre rara vez se disuelven con tinta.

Las razones de cada casa, sin embargo, no eran capricho ni desesperación. Veían con malos ojos lo que se gestaba en el sur: una alianza de iguales, de soldados que comían en la misma mesa y no inclinaban la cabeza ante linaje alguno.

Para los Cavendryn, dueños de puertos fortificados y astilleros privados, resultaba inadmisible compartir poder con capitanes sin apellido. Por eso enviaron a uno de sus hombres de mayor confianza y experiencia militar, Varek, un comandante de caballería con fama de soldado sin patria, cuya espada estaba siempre dispuesta al mejor postor, para tomar las riendas del control en el puerto y asegurar que sus intereses se impusieran sin concesiones.

Los Losmar, que controlaban los vastos pastizales que limitaban con las Llanuras del Alba, no estaban dispuestos a pagar tributo a un consejo donde su voz valiera tanto como la de un pescador del litoral.

Y los Ethelban, amantes del protocolo y la jerarquía, consideraban que el orden nacía de la cuna, no del mérito.

No solo querían el puerto de Nareth. Querían regir sobre todas las tierras que se extendían desde la desembocadura del Teryandel hasta las Llanuras del Alba y los Montes Grises. Su plan era claro: dividir la región en zonas de control y repartírsela como herencia anticipada.

No jugaban a la espera; con su oro, pretendían ahogar al nuevo orden antes de que naciera. Aprovechando la división de los ejércitos del Valle —enfrentados entre Angros, Ravendor y los pasos del este—, los nobles vieron una oportunidad que no podían dejar pasar. Su ventana era breve, pero real.

Por eso no frenaron la operación. Su mensaje, susurrado con firmeza, era inequívoco:

—No buscamos la guerra —decían—. Buscamos orden. Nareth no se rebela... regresa a casa.

Sin embargo, la costa no era tierra de nadie. Desde los torreones dormidos y los ojos del litoral, la Guardia del Amanecer alzó señales de humo, cuernos y fuego. El sur despertaba, aunque nadie le hubiera dado permiso. Y aunque incomunicados entre sí, sabían qué hacer: contener, informar, resistir.

A días de viaje, en el corazón territorial, Roderic alzó la mirada al recibir la advertencia enviada por Gawain.

El comandante no necesitaba trompetas: abría caminos y cerraba dudas. Como las mareas que llegan sin anunciarse, su decisión avanzaba con fuerza callada.

—Si vienen por el puerto —dijo, tras oír el informe—, no buscan sólo el mar. Buscan raíz y bandera. Y no tendrán ni una ni otra.

Ordenó reunir a sus capitanes. Sus hombres, acostumbrados a su temple, percibieron que algo no andaba bien. Algunos habían combatido junto a él en Zelmira. Otros creían que estaba perdido entre montañas de informes y pergaminos. Pero cuando lo vieron montar, con la mirada firme y el paso sin urgencia, recordaron por qué lo seguían.

Y mientras las naves enemigas abrían sus entrañas de hierro sobre la costa, una estrategia sin nombre comenzaba a alzarse desde la sal y el acero del sur.

Los mensajeros no tocaron trompetas. Llegaron al galope, cubiertos de polvo, y dejaron caer las palabras como si ardieran. Las noticias, traídas desde el confín sur de Nareth, eran más preocupantes que lo temido. No eran barcos de guerra, ni llevaban pabellones conocidos. Tampoco habían disparado un solo cañón. Y sin embargo, la devastación avanzaba como si una flota entera hubiese desembarcado con fuego y acero.

Un centenar de hombres bien armados —mercenarios y aventureros curtidos, al parecer— había tomado el control del Puerto de Nareth, interrumpiendo el comercio, requisando embarcaciones y estableciendo una suerte de aduana hostil. No permitían el paso de mercancías sin "permiso de los nuevos señores del muelle". Lo que comenzó como un movimiento confuso pronto devino en un bloqueo sistemático. Nadie entraba. Nadie salía.

Pero lo más alarmante vino después.

Entre los que llegaron por mar y los que fueron contratados o sumados por paga y amenaza, se estimaba que el enemigo había reunido cerca de tres mil hombres, ahora desplegados por las tierras bajas de la austral Nareth, saqueando pueblos menores, confiscando granos y animales, y sembrando el terror con una eficacia que solo la premeditación puede explicar.

Roderic escuchó en silencio, el ceño fruncido, mientras los informes se sucedían bajo la lona del campamento menor, donde los mapas se extendían sobre mesas de madera rústica. Cuando el último informe fue leído, se incorporó con un solo gesto, y con voz firme, convocó a sus capitanes y heraldos. La espera había terminado. El sur ardía.

—Comunicad a todas las filas —ordenó—. Deben reunirse sin demora en las Llanuras del Alba, al este de los Montes Grises, allí donde la tierra se abre como un cuenco. Será nuestro centro de operaciones. Solo Telmar enviará la mitad de sus hombres; el resto custodiará el norte, donde las sombras no se han disipado del todo.

Los mensajeros partieron antes del amanecer. Se enviaron misivas codificadas, se hicieron señales por faros y se activaron los pactos antiguos entre clanes y pueblos libres. Cada región debía dejar sólo una guarnición mínima para defensa y dirigir sus fuerzas hacia el corazón del sur, donde se definiría el curso de los meses por venir.

Roderic trazó las líneas sobre el mapa con la punta del índice. A su lado, Veltor, veterano de escaramuzas y campañas en los bordes del naciente reino, observaba sin hablar, dejando que el joven líder trazara su propia primera línea.

—No será una refriega —murmuró el anciano al fin—. Esto es otra cosa.

—Lo sé —respondió Roderic sin mirarlo—. Por eso vamos nosotros.

Había llegado el momento. La Guardia Común dejaría de ser solo un nombre. Su estandarte —cuatro torres enfrentadas sobre un tablero bicolor, cada una en campo contrario— flameaba al viento como un pensamiento contenido antes del acero, como si su geometría austera anunciara algo más que fuerza: un modo de mirar el mundo. No clamaba por sangre, sino por equilibrio. Quienes marchaban bajo esa insignia sabían que no luchaban por gloria, sino por una forma más profunda de justicia.

Las Llanuras del Alba, vastas y abiertas, eran un antiguo punto de encuentro para caravanas y tratados. Su suelo no conocía aún el hierro de la guerra, pero lo recibiría. Allí aguardaba la Guardia Común, liderada por Roderic, aún sin corona, pero con un mando que nadie discutía; respaldado por las patrullas de Cedric de los Montes Grises y hombres venidos del sur de Nareth. Más tarde, desde el este arribaron formaciones de Ardoria; y desde el oeste los jinetes de Velhoria.

A su lado, el viejo Veltor, miembro del Consejo de los Libres en materia de guerra, tejía estrategias con la precisión de un tejedor de seda. No siempre concordaban, pero sabían escucharse. Ambos entendían que el enemigo que tomaba la ciudad portuaria no era solo un ejército: era un mensaje capaz de deshacer, en un solo golpe, la frágil esperanza y los meses de unión que el sur había comenzado a forjar.

Antes de partir, Haldor se detuvo en el último risco. Argán, con su arco al hombro, ya tenía las botas puestas.

—¿Así que vas a ir? —preguntó Haldor, sin rodeos.

—Si vos bajás, yo también. No pienso quedarme a mirar.

Haldor no respondió enseguida. Se quitó los guantes con lentitud y se los tendió a su camarada, como quien entrega algo más que abrigo.

—Los riscos te conocen más que a mí, hermano. Si caemos allá abajo, alguien tiene que seguir viendo desde arriba. Custodiá el paso. No por obediencia, sino porque aún hay cosas que no deben cruzar.

Argán bajó la mirada. Asintió, sin protestar. La montaña también enseña a esperar.

Mientras tanto, el capitán Gawain se mantenía en la costa, ajeno a las formaciones principales. Había recibido una orden especial: esperar el momento oportuno. Con un grupo reducido de hombres —marinos curtidos, hombres sin patria y un puñado de pescadores fieles— y mujeres del litoral, hábiles en la navegación y el uso del fuego, se preparaba para una acción precisa y devastadora: sabotear la flota enemiga en el puerto, hacer estallar sus barcos y cortarles toda retirada.

La estrategia era clara: Roderic y Veltor liderarían el avance frontal desde el norte. Por los flancos, los hombres de Ardoria —con Haldor y Brenor— avanzarían desde el este, mientras los contingentes de Velhoria, guiados por Waldric, llegarían desde el oeste, en tanto los hombre de Telmar, demorarían en llegar, pero su fuerza sería decisiva. Solo entonces Gawain entraría en juego, como esa pieza olvidada que nadie ve venir hasta que inclina el tablero.

Las columnas seguían llegando a las Llanuras. Las fogatas crecían. No hubo discursos, solo un silencio denso, como el aire antes de una tormenta que todos saben que caerá. Y en ese silencio, el estandarte de la Guardia Común se alzaba, firme: cuatro torres enfrentadas sobre el tablero del destino. Porque antes de la batalla, toda causa necesita un símbolo... y todo símbolo, una voluntad que lo sostenga.

Capítulo X – La Batalla de los Libres

Antes del alba, cuando el cielo era apenas una promesa de luz, los Libres comenzaron a desmontar el campamento. Ninguna orden fue necesaria. Cada estaca retirada y cada tienda enrollada formaban parte de un rito silencioso, como si todos supieran que aquella jornada no admitía errores ni demoras.

Cuando el día por fin despuntó, el cielo no trajo cantos de aves. Solo el crujir de las ramas secas bajo las botas de la Guardia Común y el susurro del viento entre las telas austeras, mientras el tambor invisible de la marcha imponía su pulso.

Todo lo demás era silencio.

En las vastas llanuras del sur, pisadas y estandartes ajenos cubrían la tierra como un manto oscuro. Los ejércitos dirigidos por Losmar, Cavendryn y Ethelban —nobles que alguna vez vistieron los colores de la Corona— se habían desplegado con orden brutal sobre Nareth, y desde allí proyectaban marchar hacia el norte, arrasando todo a su paso.

En el claro más amplio de las Llanuras del Alba, límite con Nareth, Roderic se detuvo. A lo lejos —muy a lo lejos— se divisaban los estandartes enemigos, erguidos como advertencias inmóviles entre la bruma. Evaluó el terreno con mirada atenta y dio las últimas indicaciones a sus capitanes.

Horas después, cerca del mediodía, cuando el sol comenzaba a cortar el cielo en mitades, Roderic recorrió en silencio las filas de su ejército: hombres y mujeres formados bajo estandartes sencillos, venidos de los valles, de los bosques, de los pueblos olvidados y de las fronteras heridas.

No necesitó subir a ningún estrado. Le bastó con mirar a los ojos de los que estaban allí. Y entonces habló. No necesitó gritar, pero cada palabra cayó con la fuerza de una decisión irrevocable.

—Hoy no luchamos por un trazo en los mapas ni por un castillo en lo alto. Luchamos por algo más grande que nosotros: la posibilidad de forjar un destino distinto... más justo, más digno, para todos los que habitan este suelo sagrado.

El viento soplaba leve entre los estandartes, pero nadie se movía.

—Estamos aquí porque una Corona distante dejó de escuchar a su pueblo. Porque quienes debían cuidarnos cerraron los ojos ante nuestro dolor, y los oídos a nuestras voces. Pero nosotros... no hemos olvidado quiénes somos.

Su voz comenzó a tomar un tono más firme, más cercano, y las miradas se hicieron más intensas.

—Este suelo no se honra desde un trono frío, sino con manos que lo trabajan, con vidas que lo defienden y con memoria viva. No lo entregaremos. Ni por miedo, ni por resignación.

Se oyó el roce de los escudos alineándose. Roderic prosiguió, pero ahora con un pulso más vibrante. Su voz encendía los pechos y la mirada de quienes lo escuchaban.

—No marchamos solo hacia la guerra. Marchamos al encuentro de una historia que quiere nacer. Y seremos nosotros quienes la hagamos nacer... juntos.

—No habrá otra batalla. Esta es la que tenemos que ganar. Aquí y ahora se decide si nuestros hijos heredarán silencio... o esperanza.

—Que el mundo lo vea: no venimos a morir, sino a dar luz a un nuevo comienzo, con nuestras propias manos. A demostrar que la historia puede cambiar, si la causa es justa y el pueblo está unido.

Entonces, como el estallido de un fuego contenido, levantó la voz con la fuerza de todo lo que llevaban dentro:

—Hoy más que nunca, luchemos...

¡Por la libertad de los que vendrán!

¡Por la dignidad de los que nos precedieron!

¡Y por el fuego que hoy arde en nuestros pechos!

Bastó con eso. El resto lo dijeron las lanzas, los tambores, y el paso firme de quienes sabían que marchaban, no por gloria, sino por justicia; por esperanza; y por la libertad.

(1.d4 Cf6 2.c4 g6 3.Cc3 Ag7 4.e4)

La bruma se alzaba espesa, extendiéndose sobre la llanura como un sudario. Un silencio denso la escoltaba, como si hasta el aire se hubiera quedado inmóvil, expectante.

Cuando el sol alcanzó su cenit, la batalla dio comienzo. Los primeros choques fueron brutales: acero contra escudo, gritos que se perdían entre el barro. Pero tras ese empuje inicial, vino un instante extraño, desconcertante: las líneas se tensaron sin avanzar, como si el mismo aire de la contienda contuviera el aliento.

Las primeras bajas y el hedor a sangre no fueron suficientes para romper ese equilibrio frágil. Las dos fuerzas tanteaban el terreno, probaban defensas, marcaban los ritmos. Cada paso costaba vidas.

El enemigo, arrogante, se había hecho con el control central. La pesada infantería comandada por Cavendryn avanzaba como una máquina de guerra. Una muralla de hierro implacable. Sorda al clamor. Insensible al dolor.

(4...d6 5.Cf3 O-O 6.Ae2 e5)

Desde su puesto de mando, Roderic no respondió con un ataque directo, sino con una estructura sólida, preparando meticulosamente las condiciones para una embestida futura. Como un hábil ajedrecista, deslizaba sus piezas con paciencia y una calma respetuosa, no solo por el juego, sino por las vidas que encarnaban.

Tras leer los movimientos, dio la señal.

Un pequeño destacamento encendió la mezcla de aceite y resina preparada durante la noche. En cuestión de minutos, una cortina de humo negro comenzó a alzarse frente al centro enemigo, confundiéndolo, ocultando la disposición real de las tropas libres.

Desde detrás de esa marea oscura de hollín y resina, cuando el enemigo intentó avanzar a ciegas, estalló una lluvia de flechas que cayó sobre ellos como un castigo sin rostro. Decenas de soldados enemigos rodaron por tierra sin siquiera ver de dónde venía la muerte. La confusión los detuvo en seco. El avance se frenó.

Y entonces, por el Oeste, como un vendaval indomable surgieron los jinetes venidos de las Praderas de Lavial y de las tierras de Veyra. Comandados por Brenor y Waldric, arrollaban el flanco enemigo como si la tierra misma los hubiera engendrado para la batalla. Golpeaban y se desvanecían entre la maleza áspera que bordeaba los Montes Grises, dejando tras de sí un rastro de pánico mal contenido y formaciones deshechas.

Obligados a reagruparse, los invasores se comprimieron en el claro central. Y fue allí, cuando aún intentaban recomponer su formación, que un nuevo azote descendió desde los cielos: saetas ardientes, veloces, como meteoritos que anunciaban la ruina.

El humo, el fuego y el silbido de la muerte envolvían la escena como una sinfonía de presagios: no para quienes resistían, sino para los que osaron avanzar.

La estrategia había funcionado. El enemigo estaba contenido, aunque el centro seguía siendo una zona inestable, impredecible, donde nada estaba dicho y cada paso exigía sumo cuidado.

(7.O-O Cc6 8.d5 Ce7 9.Cd2 Ce8)

Losmar, furioso, lanzó su carga por el flanco. Un movimiento envolvente que emanaba determinación y desprecio por la sangre y la tierra que defendían los libres. Pero en su ímpetu no había cálculo, sino soberbia.

(10.b4 f5 11.c5 Cf6)

A esa altura, el sol declinaba lentamente. Las sombras se alargaban, y la batalla tomaba nuevos contornos. El fuego y el humo se entrelazaban en el aire como un lenguaje encriptado, impronunciable, como la batalla misma.

Mientras el crepúsculo teñía el campo con tonos rojizos, los movimientos ocultos se ponían en marcha. Pronto, la noche envolvería cada rincón como un manto cómplice, siendo la luna única testigo de actos que no dejarían huella.

—El enemigo flanquea por el Este —informó Veltor.

Roderic no pronunció palabra alguna. La noticia no lo sorprendió; era parte de lo previsto, como si sus ojos la hubieran visto antes de que su oído la escuchara. Sin embargo, su rostro dejaba entrever algo más profundo que el pensamiento: la aceptación de que, para preservar el alma de lo que aún no era un reino, pero podía llegar a serlo, debía abrir un surco de engaño y sacrificio de hombres que no volverían a ver el amanecer.

Suspiró hondo, con pesar, y con un leve gesto a Veltor, le hizo saber que lo acordado tomaría forma al caer la noche.

El momento decisivo se acercaba. Y el tablero, por fin, podría inclinarse levemente hacia los Libres... Pero el desenlace seguía aún sin nombre, como si los dioses del destino aún debatieran a quién conceder la victoria.

(12.f3 f4 13.Cc4 g5)

Cuando los últimos rayos se fueron, y la noche comenzaba a desplegar su manto, la almenara se encendió sobre el mástil de lanza. Hasta entonces, el capitán Gawain había esperado en silencio, oculto entre los matorrales del estuario sur. Al ver la señal, no necesitó palabras: comprendió que había llegado el momento.

(14.a4 Cg6)

Y en esa oscuridad incipiente del frente, mientras el asalto arreciaba, Cavendryn avanzaba con unos mil hombres, decidido a aplastar toda resistencia antes de que la penumbra se cerrara del todo. Pero Roderic miraba al oeste. Allí, recluido en los Montes Grises, Waldric aguardaba su turno. El capitán de la guardia de Velhoria había sido apartado del frente. Regresó con una escolta reducida de jinetes y permanecía en sigilo a la espera de la señal para volver a la carga.

(15.Aa3 Tf7 16.b5 dxc5 17.Axc5 h5 18.a5 g4)

Mientras tanto, en el corazón de Nareth, los hombres de Haldor y los refuerzos llegados de Telmar resistían como podían. Y desde el sur, la Guardia del Amanecer —encabezada por Gawain— se infiltraba hacia el puerto. Sus cuchillos estaban listos; sus antorchas, aún apagadas.

Un día antes, con la colaboración de comerciantes leales, habían camuflado barriles de aceite de ballena y pólvora negra entre toneles de vino, ocultándolos en los almacenes cercanos al canal. El plan era simple, brutal, definitivo: silenciar a los guardias e incendiar la flota enemiga de un solo golpe, antes del alba.

Se arrastraron por un sendero de cañas y piedras húmedas hasta alcanzar el borde del canal. La marea estaba en calma. Más allá, los muelles dormían como gigantes de madera, custodiados apenas por patrullas dispersas.

Gawain se detuvo. Veinte hombres y cinco mujeres lo rodeaban. Nadie hablaba.

El capitán se agachó y habló en voz baja, pero con claridad suficiente:

—Cruzamos en silencio. Nado rápido, sin salpicar. Dos brazadas largas, tres cortas. Luego aguantamos el aire hasta la boca del canal.

—Cuando estemos allí… Varka —añadió—, tú y esos cinco se encargan de los guardias.

—Los demás me siguen. Tomamos los barriles y distribuimos el aceite, las cuerdas y la pólvora en los navíos centrales, según lo marcado.

—Que la llama trepe los mástiles. Hasta aquí llegaron... y de aquí no se irán.

Alguien tragó saliva. Nadie discutió.

Gawain hizo un gesto. Se deslizó al agua sin ruido. El resto lo siguió como un murmullo de jinetes invisibles, envueltos en noche líquida.

Por su parte, Haldor se libró de los suyos y abrió una brecha con una treintena de hombres de Telmar, curtidos por él y endurecidos por las montañas de Ardoria. Se habían abierto paso como un ariete humano, entre sombras titilantes y barricadas humeantes, hasta alcanzar el corazón del mercado, apenas iluminado por antorchas y el resplandor lejano de incendios.

Allí, entre ruinas y polvo, irrumpía como un coloso. Su escudo astillado parecía un muro de hierro alzado contra el caos. Cada golpe suyo hacía temblar el suelo. Una lanza estalló contra su peto; otra lo rozó y fue a clavarse en un poste de madera cercano. Nada lo detuvo. Siguió avanzando al frente, a paso firme, como si el peligro no existiera.

Rugió como un toro, y con un giro del torso derribó a tres enemigos. La espada en su mano derecha, pesada y bestial, describió un arco perfecto: segó una garganta, partió una lanza, abrió un pecho.

Durante un instante, hasta la oscuridad pareció contener el aliento: un volcán viviente que sacudía todo a su paso. Esa distracción, tan breve como vital, ofreció lo necesario: una cortina de asombro para que Gawain cumpliera su cometido en el puerto… y para que Waldric, llegado el momento, arremetiera con dureza desde el oeste.

—¡Por Telmar! —gritó alguien a espaldas de Haldor.

Él no gritó, pero su cuerpo respondió con un nuevo embate, directo, furioso. Una espada le cortó el hombro. No se inmutó, ni le importó, como si el dolor no tuviera cabida en su carne.

A unos metros, los gemelos giraban como llamas humanas. Uno golpeaba alto, el otro barría bajo. Uno giraba en el aire con un salto que no parecía humano; el otro embestía con la fuerza de un carnero. Se movían como si hubieran entrenado juntos desde siempre, con la precisión exacta de un reloj bien afinado.

—¡A mí Izquierda! —gritó Elión, y el menor ya giraba para cubrir el flanco.

Luchaban como si compartieran una sola mente. Como si la sangre que los unía llevara consigo el ritmo exacto de cada paso, cada giro, cada golpe.

—Si vamos a caer aquí, hermano, que sea dando espectáculo —dijo Calión.

—Entonces, hermano... que sea un show de magia, arte... y filo —respondió Elión.

Y alzó la palma en pleno salto. No fue un hechizo lo que estalló, sino una pequeña esfera de cerámica que llevaba oculta en la manga. Al romperse contra el suelo, la mezcla que contenía liberó una bocanada de humo acre, espeso, que se expandió como una niebla súbita.

Los enemigos tosieron, cegados, desorientados. El gemelo menor ya estaba girando en el aire; y descendió entre las figuras tambaleantes como un torbellino de cuchillas.

—¡Agáchate! —gritó Calión. Elión se tiró al suelo sin dudar, y su hermano giró sobre sí mismo, lanzando una patada que arrojó a dos enemigos contra una carreta.

Los gemelos de Telmar desplegaban sus trucos mágicos con precisión: explosiones de humo, apariciones súbitas, destellos fugaces. Mientras uno distraía, el otro asestaba el golpe. Sus "chistes" de guerra no hacían reír a nadie, pero desarmaban al enemigo mejor que una espada.

No brillaban solos. Por separado, eran apenas rápidos. Apenas precisos. Pero juntos... eran otra cosa. Juntos, eran invencibles. Una sinfonía acrobática acompasada: de puños y estocadas, de trucos asombrosos, saltos imposibles... y sablazos letales.

Y Haldor, cubriéndolos con su cuerpo como una montaña que respira, plantó los pies entre ellos y el enemigo. Su voz se alzó como un trueno:

—¡Pasarán sobre mí... o no pasarán!

Y la batalla, por un momento, pareció inclinarse hacia los Libres. Las líneas enemigas titubearon; algo en la furia de esa danza, en la firmeza del gigante que los protegía, hizo que dudaran. Solo por un instante. Pero a veces, un instante basta.

(19.b6 g3 20.Rh1 Af8)

Roderic, que coordinaba el desplazamiento de cada pieza en el vasto tablero, levantó la mano. Fue un gesto mínimo, pero suficiente para que un cuerno acordado sonara desde lo alto de la loma oeste. Waldric lo oyó entre el fragor, y no necesitó más.

(21.d6 axb6 22.Ag1 Ch4)

Waldric, hasta entonces, había permanecido en silencio. Agazapado. El sudor le corría por la nuca a pesar del frío. Respiraba por la nariz, despacio, sintiendo el peso del casco sobre la frente, del acero sobre los hombros, del tiempo sobre el pecho. A su alrededor, los jinetes aguardaban sin decir palabra. Algunos cerraban los ojos. Otros apretaban las mandíbulas. Waldric los conocía a todos por su nombre, aunque no los llamaba. No ahora. Cada uno sabía por qué estaba allí. Y lo que eso significaba.

El viento traía ecos del combate en el este. Tambores. Acero. Gritos. Pero aquí, entre las sombras de los Montes Grises, todo estaba quieto. Era un momento suspendido. Un filo delgado entre el miedo y el coraje.

Waldric bajó la vista y acarició el cuello de su caballo. El animal relinchó bajo la tensión contenida, como si también comprendiera lo que se avecinaba.

Fue entonces cuando escuchó el cuerno: grave, lejano, inconfundible.

Supo que había llegado la hora.

Pero antes de alzar su espada, pensó: "Si he de caer… primero desataré el infierno."

Entonces, espoleó al caballo con fuerza, se puso de pie sobre los estribos y rugió:

—¡Ahora!

(23.Te1 Cxg2)

Como un dardo de fuego, Waldric emergió desde las sombras y desgarró la retaguardia enemiga. Cegó a los vigías, desmontó a Varek —el general de caballería de Cavendryn—, y destruyó la torre de señales. El desconcierto se extendió como un eco oscuro entre las filas enemigas.

Varek rodó por el suelo, levantándose de inmediato. Trató de desenvainar, pero se detuvo al ver los ojos del jinete que se acercaba a paso firme.

No eran ojos de furia. Eran ojos de despedida.

—¿Quién sos...? —alcanzó a decir, con la voz partida entre el miedo y la incredulidad.

Waldric no respondió: dejó que su lanza hablara por él.

El impacto fue brutal. La lanza atravesó la defensa como si el aire no opusiera resistencia, y Varek cayó de espaldas, con la espada a medio camino. Su cuerpo golpeó la tierra como un saco vacío. Antes de perder la conciencia, alcanzó a divisar —con ojos entrecerrados por el asombro y la resignación— la figura que se alejaba como una chispa entre espectros.

(24.dxc7 Cxe1)

El desconcierto cundía en la retaguardia enemiga. Desde la torre de señales destruida hasta los estandartes derribados, todo era confusión. Y en medio de ese quiebre, la caballería de Velhoria surgió como una tempestad de sombras desatadas y arrolló a los arqueros mercenarios con una embestida de acero.

Waldric se incorporó con los suyos al resto. Iba al frente. No era el más veloz, ni el más joven. Pero era el primero.

Y tras él, sus jinetes abrían paso con una furia que no nacía del odio, sino de la decisión.

Atacaron los almacenes, dispersaron a los mensajeros, incendiaron las reservas. Los mercenarios al servicio de los nobles no sabían si responder, replegarse o simplemente huir.

Cavendryn, al enterarse del ataque, giró su montura y galopó hacia el oeste con un puñado de sus hombres.

Allí lo encontró Waldric. Velhoria contra oro comprado. Convicción contra contrato. El choque fue atroz. El impacto eclipsó toda voz: carne, hierro y destino colisionaron a la vez.

Waldric lanzó su caballo como una lanza viva. Embistió el flanco enemigo y, con su arma astillada, derribó al primer escolta. Luego al segundo. Cavendryn alcanzó a levantar el escudo, pero el golpe le sacudió las costillas. Se oyó un crujido seco. Una línea roja le brotó de la boca.

Brenor y sus jinetes, siguiendo el plan, se esfumaron del lugar. El desconcierto había sido generado; ya no tenían por qué seguir allí.

Waldric, en cambio, volvió a cargar con los suyos. Ya no pensaba en sobrevivir, sino en romper la balanza. Una espada le abrió el muslo. Otra le cortó el brazo.

Apenas se mantuvo en la silla. Tambaleó, herido, y cayó del caballo entre gritos y acero. Entonces llegó el tajo. Cavendryn descargó su espada con furia. La hoja le atravesó el costado. Una vez. Y otra. Como si el enemigo quisiera borrar su nombre con cada corte.

Waldric presionó con fuerza la herida. Su figura, ensangrentada, se alzó todavía por un instante. Dio un paso. Luego otro. Y desapareció entre los cuerpos y el humo, como una brasa que se extinguía sin pedir testigos, tras haber cumplido su deber.

Roderic presintió su pérdida. Cerró los ojos un instante, como si entre el estruendo y el humo se hubiera deslizado una sombra.

—Sigue el plan —le ordenó a Cedric, firme y sin vacilar.

Cedric que se había informado de todo. No necesitó palabras. Solo asintió... y se perdió en la penumbra, antes de que la oscuridad comenzara a disiparse.

(25.Dxe1 g2+)

En ese entonces, como una sombra veloz que rasga la oscuridad, Gawain y sus hombres emergieron desde los almacenes ocultos bajo el muelle. Avanzaron con la rapidez y el sigilo de un susurro entre toneles y sogas húmedas. Varka encabezó el grupo asignado: seis en total, armados con cuchillos cortos, ligeros, de hojas bien afiladas, sutilmente letales. Se deshicieron de los primeros dos guardias en completo silencio, uno con un golpe seco en la nuca, el otro con una llave precisa que lo dejó sin aire ni conciencia. Luego, dos más fueron reducidos cerca de la caseta de vigilancia. Uno alcanzó a girarse e intentó dar la alarma, pero Varka se le abalanzó como una fiera, derribándolo con una patada al pecho, seguido de un golpe seco al cuello que lo dejó tendido.

Mientras tanto, Gawain y los demás arrastraban los barriles desde los almacenes hasta la orilla. Tres de ellos fueron cargados y trasladados en carretillas de madera, improvisadas con ruedas envueltas en trapo húmedo para amortiguar el sonido.

Otros ocho se cargaron en una canoa baja, hallada entre los muelles y cubierta con la misma lona que hasta hacía horas ocultaba los barriles en los almacenes. La bajaron con cuidado al canal y comenzaron a empujarla, silenciosos, dejando que la corriente ayudara. El embarcadero era el objetivo. Allí estaban anclados los navíos centrales de la flota invasora.

Hasta ese momento, nadie se percataba de su infiltración. Las miradas enemigas estaban puestas en el Este, donde el gigante Haldor —el Martillo de los Libres— y los gemelos fantásticos golpeaban los portones de Nareth. Por el Oeste, los jinetes de Velhoria realizaban escaramuzas que mantenían ocupadas a las tropas invasoras. Nadie imaginaba que la verdadera llama venía desde abajo, desde las grietas del propio muelle.

Entonces, un grito. Alguien había visto algo, o tal vez escuchado un golpe fuera de lugar. La alarma sonó en los muelles: Una campana breve y rota, pero suficiente. Gawain no dudó.

—¡Varka! —gritó con voz urgente— ¡Aléjense de aquí! ¡Ya! —¡¿Y vos?! —¡Solo queda encenderlo! ¡Vayan!

Varka vaciló un segundo. Luego asintió y saltó al canal con los otros. Gawain se quedó solo. Abrió un pequeño frasco de aceite espeso, lo derramó con rapidez sobre las sogas y las bocas de los barriles. Tomó su mecha, la encendió con una chispa rápida sobre el pedernal... y justo entonces escuchó pasos.

—¡No te muevas! —gritó una voz— Pero ya era tarde.

La llama cayó, certeza ardiente de un destino sellado.

Minutos más tarde, desde el agua, Varka y los miembros de la Guardia del Amanecer aguardaban, flotando en silencio entre las sombras, conteniendo el aliento. De pronto, una explosión los sacudió. Fuego escondido, brea y aceite, arrojados sobre los cascos, estallaron en los navíos enemigos. Las llamas se alzaron como lenguas hambrientas entre los mástiles. El puerto de Nareth ardía como un infierno liberado.

Un grito de victoria —breve, feroz, vibrante— estalló entre las aguas incendiadas. Fue apenas un pequeño triunfo. Pero uno que había demandado planificación paciente, manos decididas, engaño, sacrificio... y la llama de un solo hombre para torcer el rumbo de los acontecimientos.

Así se forjan las grandes victorias: con fragmentos dispersos, gestos invisibles, sacrificios sin nombre... que, al unirse, precipitan un desenlace que parecía imposible.

(26.Rxg2 Tg7+)

.Horas más tarde, con las primeras luces del alba, Argán descendía a toda velocidad por la ladera este. Su caballo, extenuado, apenas sostenía el galope. Había cabalgado sin pausa durante toda la noche, tras comprender que no había Paso que custodiar si esa batalla se perdía. Y estaba dispuesto a entregar su vida, de ser necesario, para que ello no ocurriera.

Su capa volaba detrás como una bandera rota, y su arco silbaba una y otra vez, lanzando muerte certera desde la silla de montar.

Tres flechas encontraron su blanco antes de que los enemigos pudieran girarse. Luego, sin frenar, dirigió a su corcel directamente contra un grupo de arqueros enemigos.

La embestida fue una ola de hierro. El caballo arrolló sin freno; dos hombres cayeron al instante. Argán saltó del lomo en pleno galope, girando en el aire, y cayó de rodillas sobre la tierra ensangrentada.

Ya tenía una espada en cada mano. Espadas ligeras, veloces como rayos.

Y entonces se sumergió en la batalla, como si la tormenta de acero lo hubiera estado esperando.

Quienes lo vieron llegar desde la ladera, derramando furia y determinación, sintieron que algo en ellos se encendía. No era solo un hombre: era el alba misma abriendo un claro entre las sombras.

Mientras tanto…desde una elevación al suroeste, Cedric aguardaba.

Durante un instante, el mundo pareció en suspenso. El sol filtraba su luz entre la humareda, dibujando contornos inciertos. El aire olía a sangre y a polvo.

Cedric apoyó la punta de su espada contra el suelo y cerró los ojos. Su respiración se volvió lenta, medida. Era su forma de entrar en la batalla: no con furia, sino como quien entra a un templo: en silencio, con claridad… y oído fino para la música del acero.

—Guíame una vez más —susurró a su espada, como quien reza sin esperar respuesta—. Que no tiemble la mano, ni vacile el juicio.

Al abrir los ojos, no quedaban dudas. Solo la acción.

Con un gesto sobrio dio la señal y lanzó su ofensiva. Con sus arqueros y jabalineros, dispersó a la retaguardia enemiga, obligándolos a volver la vista justo cuando la línea frontal requería su auxilio. Un golpe certero a la moral.

Luego descendió al campo como una figura sacada de una pintura antigua. Su armadura clara resplandecía bajo el sol, y su capa azul ondeaba con solemnidad detrás suyo, más símbolo que abrigo. A diferencia de los guerreros que peleaban con furia, Cedric parecía danzar con la muerte.

Su espada larga cortaba el aire con precisión milimétrica. En el campo, se movía como un caballero de leyenda: seguro, sereno, inevitable. Encadenaba estocadas veloces con *fendenti* —cortes descendentes— que abrían brechas limpias en las defensas enemigas. Cuando un adversario intentó flanquearlo, respondió con un *mezzano* cruzado que desvió el ataque, y en un solo giro lo derribó con un *sottano* que ascendió desde la cadera hasta el pecho.

Cedric no rugía ni maldecía. Peleaba en silencio, como si cada movimiento obedeciera a una música que solo él podía oír. Allí donde su hoja pasaba, el caos encontraba forma, y la violencia adquiría extraña belleza.

(27.Rh1 Ah3)

Por su parte, los ballesteros de Telmar, liderados por los gemelos mágicos, Elión y Calión, aprovecharon la confusión y el humo. Tomaron una posición estratégica en una suave colina cubierta de jarilla. Desde allí, sus virotes llovían con precisión sobre el centro enemigo, hiriendo a oficiales, dispersando mensajeros y cortando toda intención de reorganización.

(28.Af1 Dd3)

Acto seguido, Roderic encabezó la carga. Al frente de una avanzada de caballería, emergió tras el telón de humo y se abrió paso como un relámpago súbito: veloz, letal. El enemigo, desconcertado, ya no sabía de dónde vendría el siguiente golpe.

Y en medio del caos, los tres nobles traidores peleaban como piezas sueltas en un tablero de ajedrez roto, deshecho, donde cada pieza jugaba sola.

Pero Roderic no se movía como una pieza más. Era el centro invisible de un orden mayor: no el rey ni la torre, sino el peso oculto que mantenía el equilibrio del tablero. Sin embargo, cada uno de sus actos inclinaba con gravedad el destino de la partida. Desde la silla de montar, su espada trazaba arcos certeros, sin alarde. Cada tajo era un juicio. El escudo, astillado por la batalla, arremetía como un yunque contra la fragua de la resistencia enemiga.

A cada embestida, los suyos avanzaban. A cada grito, las líneas enemigas retrocedían. No era la velocidad ni la fuerza lo que lo hacía temible, sino esa determinación que ni la muerte parecía poder torcer. Y en ese instante, en medio de la polvareda teñida de sangre y gritos, Roderic era el corazón palpitante de la batalla.

(29.Cxe5 Axf1 30.Dxf1 Dxc3 31.Tc1 Dxe5)

Poco después, Losmar fue capturado entre gritos y lanzas, apenas intentó abrirse paso por entre la infantería. Fue Brenor quien lo interceptó, embistiéndolo con el escudo como un rayo que descarga siglos de furia contenida. Lo hizo caer de espaldas y le arrebató el arma con una brutal llave de brazo.

—Hasta aquí llegaste —gruñó, mientras los lanceros del flanco lo rodeaban como una jaula de acero.

Más al centro del campo, donde el barro comenzaba a mezclarse con la sangre, Roderic fue derribado por una embestida lateral. Su caballo cayó, herido en el flanco, y rodó por el suelo como un peso muerto. Cavendryn —aún montado— lo vio vulnerable y giró las riendas para cargar contra él.

Pero Roderic ya se había puesto de pie. Con la espada en la mano derecha y el brazo izquierdo colgando por el golpe anterior, se plantó firme en el barro.

En medio del caos, el sonido pareció diluirse. No se oían gritos ni choques metálicos. Solo sus respiraciones. Sus miradas se cruzaron.

Cavendryn se detuvo a unos metros. Bajó lentamente de su caballo, dejó caer el yelmo. Le sangraba la boca. Las costillas rotas lo hacían encorvarse levemente, pero sus ojos seguían desafiantes.

—Tu fin ha llegado —dijo, saboreando la frase como una victoria anticipada.

Roderic no respondió. Lo invadió una certeza más poderosa que el dolor: esa batalla era un umbral sin retorno. Cerró los ojos un instante. Pensó en lo que estaba en juego. No en él, ni siquiera en sus hombres, sino en la posibilidad de que el mañana no estuviera gobernado por el miedo. Si ganaban, seguirían siendo libres. Si caían, todo lo que amaban se iría con ellos.

Y entonces avanzó.

El combate fue breve: un juego veloz de precisión y fuerza contenida. Cavendryn atacó con rapidez, buscando un corte bajo. Roderic lo bloqueó con el filo y giró sobre su pie derecho. Lo siguiente fue un golpe de puño al rostro, seco, que lo hizo tambalear. Luego, un tajo horizontal que le voló la espada de las manos.

Cavendryn cayó de rodillas, vencido no solo por el acero, sino por la evidencia del final. Roderic se le acercó, jadeando. Lo contempló por un instante: abatido, aún con la frente alzada.

Luego Cavendryn tambaleó y se desplomó de lado, como si el peso de la derrota le hubiera soltado los huesos. Con un gesto seco, definitivo, Roderic alejó su espada de una patada, negándole hasta el derecho a una réplica póstuma.

El mundo regresó de golpe: gritos, cornetas, el fragor de los últimos enfrentamientos. Pero en ese instante, todo había sido silencio. Un silencio que dijo más que la guerra entera. Un duelo dentro del duelo. Una verdad dentro del caos. Un instante donde todo pendía de un hilo.

Y entonces, con las fuerzas que le quedaban, corrió hacia Veltor, que se encontraba rodeado y exhausto.

En tanto, al norte del campo, Ethelban huía con una docena de hombres. Su estandarte, desgarrado, oscilaba detrás de él como una confesión tardía.

Argán lo divisó desde una altura. Tenía el arco en mano, una sola flecha entre los dedos. El pulso le latía en las sienes, caliente, espeso.

Pensó en las aldeas devoradas por el fuego. En las madres que buscarían a sus hijos entre cenizas mudas. En sus compañeros caídos, cuyos nombres apenas alcanzaban a pronunciarse.

—No huyas, cobarde —murmuró, casi sin voz—. Has condenado a demasiados inocentes...

Y soltó la cuerda.

La flecha cortó el viento como una sentencia. Alcanzó a Ethelban en el cuello, y su cuerpo se desplomó del caballo antes de poder emitir palabra. Los hombres que lo seguían detuvieron la marcha. Algunos arrojaron las armas. Otros huyeron hacia la espesura.

Argán bajó lentamente el arco. No celebró. Solo se quedó allí, respirando hondo, como si el alma aún no regresara del disparo.

(32.c8=D Txc8 33.Txc8 De6)

El enemigo retrocedía. Algunos huían hacia el mar, otros se rendían. Los últimos en pie resistían entre llamas, humo y ruinas. Había ceniza en el aire. El sonido de las espadas se apagaba, lentamente. El campo, aún vibrante, empezaba a vaciarse de violencia.

Pero en el corazón mismo del combate, Veltor seguía rodeado. Logró librarse de uno. Roderic, que había acudido en su ayuda, empujó a otro y desarmó al restante. Solo entonces se detuvieron.

Roderic respiraba hondo. No sentía alivio, ni gloria, sino la gravedad tranquila de quien sabe que lo peor ha pasado... y que aún quedaban batallas por venir. Pero esta, decisiva, crucial... estaba ganada.

Veltor, con la armadura rasgada, se aproximó y habló con voz grave:

—Hoy defendimos la posibilidad de un futuro que merezca ser vivido.

Roderic asintió con la mirada fija en el humo que se alzaba. A lo lejos, el mar ardía. Y más allá del fuego... quedaban los nombres que no volverían.

Sobre el campo, el cielo se había nublado. Unas pequeñas gotas comenzaron a caer, como si las nubes lloraran la partida e intentaran lavar la sangre derramada de hombres y mujeres que entregaron sus vidas por un nuevo mañana… más justo, más digno, más libre.

Máxima:

"Las guerras no se ganan con fuerza, sino con visión: ver más allá del tablero y actuar cuando nadie lo espera."

"Los sacrificios de hoy solo cobran sentido si mañana hay algo que merezca ser salvado."

Nota del Autor

Si bien el desarrollo inicial de *La Batalla de los Libres* intentó seguir con fidelidad tanto la estructura narrativa como estratégica de una partida de ajedrez real, con el avance del relato se tomaron libertades que desdibujan esa correspondencia directa. Aun así, la partida original se mantuvo como guía e inspiración esencial, no solo por su valor táctico, sino por su fuerza estética y simbólica.

La fuente principal fue una obra magistral disputada entre Boris Gelfand y el gran maestro Hikaru Nakamura, en el torneo de Bursa (Turquía), en 2010. Agradezco profundamente el legado creativo de estos colosos del tablero, que permite, incluso en medio de la ficción, vislumbrar formas de pensamiento, lucha y belleza que trascienden los siglos.

Capítulo XI – Después del Trueno

El campo enmudeció. No por miedo, ni por la amenaza de un nuevo ataque, sino por el peso de lo irremediable.

Las lanzas caídas se confundían con ramas rotas, y la tierra, aún caliente en algunas zonas, exhalaba el humo de lo que ya no volvería a alzarse. El estrépito de la guerra había cesado, pero no así su eco. Ese persistía en las miradas. En las posturas cansadas. En los rostros que buscaban, entre tantos cuerpos, algún pedazo de lo que fueron.

Los puestos de asistencia se alzaron con premura. No había suficientes manos para curar todo, pero sí las necesarias para que nadie muriera solo. Bajo toldos improvisados con lonas quemadas, las curanderas y aprendices trabajaban en turnos sin luz, aplicando paños hervidos, cerrando heridas, escribiendo los nombres de los que no volverían a luchar.

Gawain fue hallado en la orilla, entre restos de madera y algas ennegrecidas. Su cuerpo había volado al mar tras la explosión de los navíos enemigos, y las olas lo devolvieron como quien no quiere dejarlo ir del todo. Aún tenía el rostro endurecido por el instante en que la llama se volvió destino.

Waldric, en cambio, cayó tierra adentro, atravesado por una lanza, cubriendo con su cuerpo el de un soldado joven que no era suyo, pero que había decidido proteger.

Uno abrazó el mar, él otro quedó sembrado en la tierra; ambos ardieron por otros antes que guardarse su propio fuego.

Se les rindió homenaje en un sepulcro común, cubierto con piedras traídas de los cuatro puntos del reino. Roderic, que peleó junto a ellos, habló poco, como hacen los hombres verdaderamente dolidos.

—Gawain… Waldric… no supieron de gloria, porque la ofrecieron sin pedirla. Lo que hicimos fue gracias a ustedes. Lo que vendrá… tendrá sus nombres debajo.

Cedric, más curtido, pero no menos humano, se arrodilló ante las piedras y apoyó su espada. Permaneció allí unos instantes, en silencio. Luego se incorporó lentamente, giró hacia los presentes y habló con voz firme:

—Capitanes… camaradas… No lucharon por un rey ni por órdenes lejanas. Lo hicieron por el hombre y la mujer que tienen a su lado. Miren bien: son algo más que hermanos de armas, son portadores de la misma esperanza.

Haldor y Argán asintieron entre sí con las miradas. Los gemelos Elión y Calión se abrazaron en silencio, el gesto cargado de todo lo que no hacía falta decir. Brenor, a unos pasos detrás, no se movía. Tenía las manos cerradas y la mirada clavada en el suelo. Apretaba la mandíbula como si contuviera algo que no quería salir. Cada uno, a su modo, había peleado con la bravura que solo inspira el sueño de un reino más justo.

—Lucharon por ellos y junto a ellos, y por los cientos que depositaron su confianza en ustedes, capaces de defender algo más grande que nosotros, algo que nos trasciende… y que podemos construir juntos desde hoy—concluyó Cedric.

Al terminar sus palabras, los capitanes y soldados se volvieron lentamente unos hacia otros. Entre lágrimas contenidas y miradas que buscaban consuelo, se reconocieron en el reflejo del dolor compartido, y en sus ojos era perceptible una llama tenue, pero firme, la llama de un nuevo tiempo que comenzaba a gestarse en medio de las ruinas. Esa llama era más que promesa: era el vínculo invisible que los unía para construir juntos un futuro distinto.

El Consejo no tardó en pronunciarse. Los nobles implicados en la traición fueron desterrados, y sus propiedades expropiadas para financiar la reconstrucción y asistir a las familias de los caídos. No hubo juicios largos ni penas teatrales. Solo justicia. La verdadera: la que repara.

Al ejército mercenario superviviente se le ofrecieron dos caminos: integrarse al trabajo y a la vida del sur como jornaleros y artesanos —y con el tiempo, ciudadanos—, o ser escoltados hasta las Colinas de Ordenia, al norte, sin carga ni castigo, pero sin derecho a volver.

La mayoría eligió quedarse. Quizás por cansancio. Quizás por algo nuevo: pertenecer.

Fue en una noche sin discursos ni proclamas, sentado en una banca sin respaldo, que Roderic recibió la visita inesperada de los capitanes de las regiones. Venían de zonas montañosas, costeras, de mansos de labranza y de montes impenetrables. Representaban a la Guardia Común. Y también a la Guardia del Amanecer, que había perdido a Gawain.

Uno por uno, dejaron sus espadas en el suelo, a sus pies. No como amenaza. Como promesa. Como ofrenda. Como pacto silencioso.

—No es por títulos, Roderic. Es porque ya lo hiciste, sin tener ninguno —dijo Cedric —. Si alguna vez aceptás llevar la corona... sabé que no estarás solo para defenderla.

Roderic no respondió de inmediato. Solo miró esas armas, y luego al cielo. En su semblante no había ambición. Solo peso.

Un viento suave, apenas naciente, sopló desde el este. El trueno ya había pasado. Lo que venía... era decisión.

Máxima:
"Toda victoria verdadera deja un silencio que pesa más que el estruendo de la batalla."

"El estrépito de la guerra puede cesar, pero su eco perdura en las miradas."

Capítulo XII – El Consejo de los Orígenes

Todavía se alzaban columnas de humo entre los escombros del puerto de Nareth, donde la reconstrucción avanzaba con la madera de barcos vencidos y las manos curtidas de herreros, carpinteros y soldados. La ciudad costera comenzaba a ser símbolo de algo más que supervivencia. La guerra no solo había incendiado barcos, ni detenido una invasión: había disipado las dudas que antes postergaban lo necesario. Ya no bastaba con conservar; era hora de decidir. Y el Consejo, convocado en su forma más amplia, supo que no podía posponer lo que la realidad ya había precipitado: hablar de futuro, unidad y quién debía guiarla.

Tras largas deliberaciones, se acordó fundar un nuevo reino donde el poder del monarca no sería absoluto, sino equilibrado por un consejo fuerte, abierto a la participación de sabios, representantes y voces diversas. Ese reinado no sería obra de un solo hombre ni de decisiones impuestas desde arriba, sino fruto de un pacto que respetara la sabiduría y la justicia, y que compartiera la carga del poder. Solo restaba decidir quién sería digno de portar la corona en este nuevo tiempo.

Roderic, que hablaba solo lo imprescindible, había sido pieza clave para lograrlo. No lideraba desde el trono, sino desde la tierra. Fue él quien sostuvo el flanco roto en Nareth, quien ordenó la retirada a tiempo y quien regresó con los suyos cargando a los heridos. En medio del humo y el estruendo, su temple mantuvo la línea. Su liderazgo no fue declarado, sino reconocido. Conocía los caminos, los nombres, las heridas y los sueños. Su presencia era firme pero discreta, como un árbol que da sombra sin pedir reconocimiento.

Pirrón, de rostro imperturbable, habló primero:
—Si el próximo rey busca certeza, hallará duda. Que no sea elegido por su ambición, sino por su tolerancia al desconcierto.

Séneca, con su túnica de lino crudo y voz clara como un río entre peñascos, añadió:

—No hay prueba mayor para un hombre que el poder. El trono revela al impostor, pero también refuerza al justo. Busquemos a quien haya cultivado la templanza más que el prestigio.

Diógenes, desde el rincón menos iluminado, lanzó una carcajada seca antes de alzar su cuenco vacío:

—Dadme un hombre que pueda reinar sin necesitar del trono, y a ese le entregaré mi voto.

Zenón, último en hablar, cruzó los brazos con gravedad estoica:

—El orden no surge del consenso de voces, sino del acuerdo de virtudes. Roderic ha demostrado prudencia, justicia, coraje y dominio de sí. Si no lo eligen por esas razones, el trono quedará vacío, aunque alguien lo ocupe.

Epicuro, con su habitual serenidad, completó:

—La verdadera grandeza no está en el mando, sino en el equilibrio interior. Y a ese muchacho lo he visto disfrutar del trabajo simple, sin despreciarlo. Ese es el signo de quien puede vivir cerca del pueblo sin olvidar su altura.

Fravién lo miró largo, en silencio. Luego dijo:

—Lo conozco desde niño. No lleva mi sangre, pero lleva lo que yo valoro en la sangre de cualquier joven: respeto por la vida, voluntad de servicio, apertura al consejo. Si vamos a edificar un reino, que sea sobre ese carácter, no sobre la ventaja.

Entonces, el silencio se posó sobre la sala como una campana de bronce. Fravién intercambió una mirada con Árgenor. Ninguno dijo una palabra: ya estaba todo dicho.

Pero fue Roderic quien, cuando todos aguardaban su respuesta, rompió el silencio con voz serena:

—He caminado este reino no para gobernarlo, sino para servirlo. Y si la corona necesita de alguien, no será de mí que obtenga ambición. Mi lugar está en la tierra, no en lo alto. Al menos, no todavía.

Hubo un murmullo, primero tenue, luego creciente. Árgenor, que hasta entonces había permanecido con la mirada baja, alzó la vista y dijo con una calma antigua:

—Hijo mío... yo no puedo permanecer para siempre, pero el pueblo no puede esperar a que el tiempo decida. Si esta sala lo estima justo, aceptaré custodiar la corona mientras sea necesario, con una sola condición: que cuando yo parta, tú no rehúyas lo inevitable.

Ninguno habló. Pero en la inclinación respetuosa de cabezas, en la respiración contenida de los sabios, se comprendió que el ofrecimiento había sido aceptado.

Roderic no respondió al instante. Miró a Sybilla, luego a Fravién, luego a los sabios. Y finalmente asintió, no con entusiasmo, sino con la responsabilidad de quien sabe que lo justo no siempre es lo que se desea.

Entonces fue Árgenor quien, ante todos, tomó la palabra:

—Que conste en este día que no se ha fundado un reino sobre el deseo de mandar, sino sobre la necesidad de cuidar. Y que quien me suceda no lo hará por decreto, sino por destino.

No se firmaron documentos. Bastó el asentimiento silencioso de los presentes. Así, Árgenor asumió la corona del naciente Reino de las Cuatro Torres, no como conquista de poder, sino como acto de custodia. En su figura se reconoció la raíz común de las casas, la memoria de los antiguos y la promesa de un futuro compartido. Ese día no se fundó solo un reino: se selló un pacto entre generaciones.

Poco después de aquel día, la historia entre Roderic y Sybilla comenzó a tomar forma. No fue el fruto de una negociación entre casas, sino de un tejido silencioso, nacido de miradas compartidas, conversaciones sinceras y respeto mutuo. Nadie los empujó. Simplemente se encontraron caminando en la misma dirección.

Cuando Roderic le habló de su deseo de fundar algo nuevo

—no solo con las manos, sino también con el alma—,

Sybilla comprendió que no le pedía una corona, sino una compañía.

Bajo el viejo olivo de la colina sur, él le dijo:

—Si un día me toca sostener algo más grande que yo, no querré hacerlo solo. No busco una reina: busco una presencia que me recuerde quién soy.

Y ella respondió:

—Si el reino nace para servir, y no para imponerse, entonces estaré a tu lado. Y si alguna vez olvidas esto, te lo recordaré sin levantar la voz.

Las palabras que compartieron aquel día no pertenecen al tiempo lineal de los hechos. Habitaron una región más profunda, donde lo esencial se dice una sola vez, pero se escucha para siempre.

La unión fue sencilla y firme, como todo lo que se sostiene de verdad.

Esa mañana nació el Reino de las Cuatro Torres. No fue una conquista, sino una elección. No se alzó sobre ruinas, sino sobre acuerdos. No surgió de la necesidad de imponerse, sino del coraje de unirse.

Y mientras el viento del sur acariciaba los campos aún húmedos, Sybilla, vestida con los colores de un nuevo mañana que comenzaba a gestarse, sembró una flor en tierra virgen y dijo:
—Aquí crecerá algo que aún no tiene nombre, pero ya vive en el compromiso que lo sostiene.

Roderic tomó su mano.

—Y cuando tenga nombre —dijo—, será uno que honre lo que hoy sembramos.

Así, sin proclamas ni estandartes flameando en lo alto, algo nuevo había nacido. No fue impuesto por conquista ni elegido por decreto, sino susurrado en las acciones: en la flor sembrada por Sybilla, en la promesa de Roderic, en el compromiso silencioso de Árgenor… y en los cientos de hombres y mujeres que ofrecieron su vida para que surgiera algo que mereciera ser cuidado.

Si bien el reino naciente no poseía nombre, el mismo ya habitaba en la mirada del pueblo, que lo había reconocido en los estandartes y lo abrazó como bandera antes de comprenderlo del todo: cuatro torres enfrentadas sobre un tablero bicolor, símbolo de equilibrio antes que de poder, emblema de una Guardia que no marchaba por gloria, sino por una forma más profunda de justicia.

Cuatro torres, bordadas no solo en tela, que se alzan en roca y madera como ojos atentos bajo un mismo cielo; Cuatro torres, en los puntos cardinales, resistiendo aquellos vientos que nublan el juicio;

Cuatro torres, como pilares éticos que sostienen el alma de un reino:

— La Memoria, que guíe los pasos en los días de niebla;

— La Templanza, que equilibre el juicio cuando el corazón más arda;

— El Servicio, que invite al poder a caminar descalzo junto al dolor del pueblo;

— Y la Unión, que funda en un solo latido los destinos del reino.

Cuatro torres como voces de una corona, como almas de una misma piedra… No son solo símbolos, sino un recordatorio vivo de la nueva era que comenzaba. Y desde ese día, los pueblos comenzaron a llamarlo Reino de las Cuatro Torres

No porque alguien lo dictara, sino porque nadie pudo nombrarlo de otro modo.

Máximas:
"Un reino no se construye con muros ni coronas, sino con la confianza silenciosa que une corazones dispuestos a servir."

"Donde no hubo ambición, sino cuidado, nació un reino. Y su fuerza no está en el poder, sino en la virtud de quienes lo sirven."

Capítulo XIII – Amanecer del Reino

El sol apenas había despuntado sobre los verdes campos de Orfrán cuando los primeros martillos golpearon la piedra como campanas que anunciaban el alba de una nueva era. No hubo desfile ni cornetas aquella mañana.

Árgenor llegó a pie, con la capa aún húmeda del rocío y las botas marcadas por el barro del sendero. Había pasado la noche recorriendo los campamentos de trabajadores, compartiendo fogón con artesanos y carpinteros. Escuchó más de lo que habló, como era su costumbre.

Al ver el avance de la obra, no dio órdenes. Caminó entre los andamios del Castillo—que ya se alzaba con el pulso colectivo de decenas de manos— y simplemente tomó un cincel.

La fortaleza se construía sobre los cimientos de la vieja fortificación derruida, cuyas piedras, ahora reutilizadas, servían no solo como base física, sino como símbolo de continuidad transformadora.

Árgenor grabó sobre una piedra angular una línea que sólo los más cercanos llegaron a leer:

"Reinar es Cuidar."

El capataz se detuvo un segundo, como si hubiese leído mucho más que tres palabras.

—Los muros que levantemos no deben separar, sino contener —dijo Árgenor en voz baja, lo justo para que el otro lo oyera.

El capataz asintió sin levantar la vista.

Aquel castillo no había sido ideado como palacio, sino como punto de encuentro entre las regiones. Sus corredores eran anchos, no para el lujo, sino para que pudieran transitar los pueblos con sus diferencias. En las aldeas ya no se lo llamaba "castillo", sino "la Casa de Todos", y aunque aún faltaban torres y aleros, el nombre ya había echado raíces.

A la par, se iniciaron los trabajos de reconstrucción del puerto de Nareth. Lo que había sido llama y ruina durante la guerra, se convirtió en emblema de renacimiento. Las maderas de los antiguos barcos fueron aprovechadas para viviendas, muelles y almacenes. Cada clavo hundido era un acto de fe. Roderic coordinó los trabajos con los veteranos de guerra, y muchos niños, que apenas sabían de paz, empezaron a conocer el mar como horizonte, no como amenaza.

Allí donde el horizonte marino se abría como promesa más que como límite, se erigió la Torre Austral, una atalaya de piedra blanca que servía como faro, torre de vigilancia y puesto comercial. Desde allí, navegantes del Reino comenzaron a explorar nuevas rutas, y llegaron los primeros pactos con islas olvidadas. A los ojos de Árgenor, esa torre no era de defensa, sino de apertura.

Con la expansión territorial llegó una necesidad urgente: poblar. Las noticias del nuevo Reino cruzaron montañas y ríos. Llegaron migrantes: algunos expulsados por la guerra, otros por la necesidad, muchos por la esperanza. Se abrieron tierras baldías con títulos de labranza, se organizó un registro de pobladores, y nacieron aldeas donde antes solo había viento y piedra.

—Un reino sin pueblo no es más que un mapa vacío —dijo Árgenor ante el Consejo—. Abramos la tierra para que la gente pueda echar raíces.

Para ordenar este crecimiento, se instauró una moneda común, simple y honrada, con el grabado de las Cuatro Torres y el lema: "No por poder, sino por equilibrio."

Junto a ella, se estableció un tributo fijo, medido en cosechas o metales según cada región. No era un impuesto para enriquecer palacios, sino un fondo común para sostener caminos, justicia y defensa. Cada aldea sabía cuánto debía y qué recibía a cambio. La transparencia se convirtió en cimiento político.

La percepción del tributo quedaba a cargo de un Receptor designado por el Consejo, elegido por su probidad y conocimiento local. Su labor no era castigar ni extraer, sino coordinar con las comunidades el cumplimiento justo de lo acordado. Los registros eran abiertos y públicos, y las cifras, leídas en voz alta durante las reuniones comunales. Así, el pueblo no temía al tributo: lo comprendía.

En los patios recién trazados de Orfrán, junto a la piedra aún fresca de la fortaleza, se fundó la Escuela de Artes y Oficios. Allí se enseñaban herrería, carpintería, sanación básica, escritura, técnicas mejoradas de cultivo, y se impartía el arte del cálculo y la administración, con el fin de llevar un registro preciso de granos, bienes y tributos.

Fue Epicuro quien propuso que los sabios debían enseñar lo útil antes que lo abstracto.

—Primero, que sepan construir. Luego, que aprendan a pensar por qué construyen —dijo.

Los primeros pasos hacia una estructura institucional fueron sencillos pero firmes: una Asamblea de Tierra —formada por representantes elegidos en cada aldea y ciudad— y un Consejo de Sabios, cuya voz no era ley, pero sí guía.

El propio Árgenor limitó sus poderes:

—No deseo obediencia, sino participación. Si algún día me temen más de lo que me respetan, habremos fracasado.

Roderic, mientras tanto, recorría el Reino en formación, no como heredero, sino como puente. Su temple en la guerra se volvía ahora templanza civil. Visitaba campamentos de migrantes, supervisaba obras, escuchaba más de lo que hablaba. Era la espada que se volvía balanza.

Y si bien podría haber ocupado el trono, caminaba entre los suyos: abriendo canales, sembrando en tierras duras, incluso relatando historias que hacían brillar los ojos de los niños en las escuelas. Obraba para que un pueblo resignificara su sentido de pertenencia y honrara, con memoria, sacrificio y cooperación, este sueño compartido.

Y aunque aún no existía mapa capaz de delinear los contornos del nuevo Reino, en mercados y tabernas ya se murmuraba su alma: las Cuatro Torres. No eran aún torres de piedra, sino principios: memoria, templanza, servicio y unión. No se alzaban todavía en el paisaje, pero ya respiraban en el corazón de quienes las soñaban.

No fue en un balcón ni en un salón del trono donde Árgenor compartió su visión. Fue entre cestos de pesca, barro fresco y risas de niños, donde la política volvió a ser cosa del pueblo.

Sucedió en Nareth, una tarde de viento salado, cuando el pueblo celebraba la reactivación del puerto. Los niños corrían con cintas al sol, los pescadores hablaban de futuras rutas, y desde una colina baja se divisaba, a lo lejos, la silueta de la Torre Austral, aún en obras, con su vigía de madera recientemente colocada. Era una torre, sí, pero también una promesa.

Árgenor alzó la voz lo justo para que lo oyera la multitud reunida en el mercado.

—No estamos fundando un Reino para que dure cien años —dijo, señalando la torre con la mano curtida—, sino para que merezca cada uno de sus días.

No hubo vítores ni tambores. Solo un largo silencio, cálido y compartido. Porque quienes lo escuchaban sabían que aquello no era una frase, sino una forma de vivir.

Y mientras la brisa marina agitaba las cintas de los niños, la torre, aún sin terminar, parecía inclinarse levemente hacia ellos, como escuchando.

Máxima:
"Los muros de un reino no son piedra, sino cuidado. Y su firmeza nace de quien ha decidido proteger, no dominar."

Capítulo XIV – Faros y Forjas

El Reino, ya consolidado en sus pilares materiales, sintió una sed más honda: la del sentido. No bastaban las torres, los tributos ni los ejércitos. Hacía falta custodiar el espíritu.

Fue entonces que surgió, desde los claustros y los talleres, una idea antigua con ropajes nuevos: fundar Escuelas de Pensamiento.

No eran templos ni castillos. Eran espacios abiertos —en plazas, salones, patios cubiertos o casas reconfiguradas— donde el saber se tejía como conversación. Cada escuela estaba animada por una corriente filosófica distinta, y su tarea no era imponer una verdad, sino mantener viva una forma de mirar el mundo.

La iniciativa encontró rápidamente apoyo por el Consejo de Libres y Sabios, que dio origen a esta estructura única. Buscaban que la voz del pensamiento profundo persistiera en el tiempo, aportando la claridad necesaria para orientar el consejo sin pretender gobernarlo. Para ello, reinterpretaron la *República* de Platón, fusionando su visión con las enseñanzas de las escuelas helénicas. En esta relectura, el filósofo no ostenta el poder, sino que acompaña y aconseja, encarnando una mirada sobre el mundo que permanece inalterable más allá de la fugacidad de quien la pronuncia.

De este modo cada escuela eligió a un representante que, al ser designado, renunciaba a su nombre civil y tomaba el de su fundador simbólico, convirtiéndose así en un *Portador de la Voz*. No eran hombres eternos, sino voces encarnadas en distintos hombres a lo largo del tiempo. Si la voz se debilitaba, otro discípulo debía tomar su lugar.

"Séneca", el primero, hablaba desde la templanza, el deber y la virtud interior.

"Epicuro" defendía la alegría sin daño, la moderación gozosa, el valor del retiro reflexivo.

"Zenón", firme como el mármol, enseñaba a dominar el deseo y aceptar el destino.

"Pirrón", calmo incluso en el escarnio, sembraba la duda como camino hacia la libertad.

"Diógenes", con mirada desnuda, desafiaba las máscaras del poder y predicaba la libertad en la autosuficiencia.

Ellos integraban el Consejo del Reino, no como consejeros del trono sino como guardianes del pensamiento. Tenían derecho a interrumpir el consejo en cualquier momento para introducir una advertencia filosófica, y su palabra, aunque no era mandato, debía ser escuchada con atención por todos.

En cada Escuela, los discípulos se reunían bajo la sombra de un sabio. No lo seguían por obediencia ciega, sino por la claridad de su visión, por la coherencia entre sus palabras y su modo de vivir. Era costumbre que ese sabio, cuando la vejez o el silencio interior le anunciaban su retiro, eligiera a uno de sus discípulos para continuar el linaje.

Pero no se trataba de una sucesión cualquiera. El elegido no solo debía comprender los textos, ni repetir las máximas del maestro: debía haber encarnado su mirada sobre el mundo. Ser nombrado *Portador de la Voz* era una forma de renacer.

El rito era discreto, solemne, sin multitudes. A la luz de una vela encendida por el maestro, el discípulo aceptaba la carga de un legado. Desde ese momento, renunciaba a su nombre de nacimiento, y en los registros del Reino —donde se anotaban las decisiones del Consejo y las memorias del tiempo— firmaría con el nombre del maestro que lo había formado.

Así, Dorian se volvió Séneca, Lioran se volvió Epicuro, Lurek se volvió Zenón, Rudren se volvió Diógenes, y Meliar, Pirrón.

Ese acto no era esclavitud. Era libertad elegida. El discípulo no se borraba: se entregaba a algo más grande que su biografía, a una visión que había superado la prueba del tiempo y de la virtud.

Uno dejaba de ser uno para convertirse en quien debía custodiar la luz que otro había encendido.

Ese nombre simbólico no se usaba para honores ni títulos; era una forma de presencia. Allí donde hablaba Séneca, resonaban los ecos de todos los Sénecas anteriores que, antes que él, habían dado voz a la templanza. Allí donde discutía Epicuro, florecían las preguntas sobre el placer verdadero, la amistad, la medida. No importaba quién fuera el cuerpo: importaba la voz que lo habitaba.

Con el tiempo, nuevos claustros se abrieron donde solo las voces femeninas podían alzarse con libertad, impulsados por el anhelo de equilibrio y justicia del Consejo de Libres y Sabios. Así nacieron cuatro escuelas que dejaron huella, aun cuando no hallaron en su tiempo gran número de adeptas. La época no estaba aún preparada para aquellos grandes cambios, pero ellas sembraron una semilla que, con los años, dio frutos generosos.

La Escuela de Hipatía, nacida bajo el signo del rigor y la razón, se dedicaba al estudio de las ciencias, las matemáticas y el orden armonioso del cosmos. Sus discípulas buscaban unir el saber filosófico con la observación del mundo, recordando que todo conocimiento también es cuidado.

La Escuela de Diotima, inspirada en la mística de Mantinea, orientaba su enseñanza hacia la introspección, el amor entendido como ascenso del alma y la contemplación de lo eterno. Sus portadoras hablaban poco, pero cuando lo hacían, sus palabras dejaban silencio fértil.

La Escuela de Areta, en homenaje a la pensadora de Cirene, ponía en el centro la ética práctica, el cultivo de la virtud y la templanza como guía en la vida cotidiana. Sus discípulas eran buscadas como consejeras por artesanos, jueces y madres, porque sabían unir firmeza con compasión.

Y la Escuela de Hiparquía, tal vez la más trasgresora de todas, enseñaba la libertad interior, el coraje de vivir sin máscaras y la crítica a toda forma de hipocresía. No formaban cortesanas del saber, sino mujeres libres, que caminaban con los pies descalzos y la palabra en alto.

Aunque pocas en número, estas escuelas dejaron un legado que persistió. Muchas de sus discípulas continuaron vinculadas al saber y la educación, asumiendo el rol de maestras en las aulas de distintas escuelas del Reino. No todas se convirtieron en Portadoras de la Voz, pero todas transmitieron, de algún modo, una forma distinta de pensar y habitar el mundo.

Los Portadores y Portadoras integraban el Consejo de Sabios del Reino, con voz en los asuntos fundamentales. No eran elegidos por linaje, mérito militar ni prestigio económico: su autoridad venía del pensamiento, de la fidelidad a una forma de vivir y de enseñar.

Su rol era orientar, no imponer; advertir, no dominar. Como faros, no como manos.

El sabio o la sabia que entregaba su nombre, comprendía que ya no le pertenecía. Y quien lo recibía, entendía que no era un premio, sino una misión: custodiar un pensamiento que trascendía su ser.

Algunos lloraban al ser nombrados. No de temor, sino de reverencia. Porque entendían que no heredaban un título, sino una llama que debía arder en su interior sin extinguirse. Porque comprendían que la filosofía no era un juego de ideas, sino una forma de amar: *amar el saber, amar el pensamiento, amar la verdad, amar la enseñanza... y, sobre todo, amar al Reino que los escuchaba.*

Máximas:
"La sabiduría no se transmite: se habita."

"Quien porta una voz, es guardián de un pensamiento que trasciende su ser."

No bastaba ya con pronunciar palabras sabias ni trazar pensamientos en pergaminos finos. En tiempos de reconstrucción y esperanza, el Reino comprendió que el buen juicio debía traducirse en hechos, y que la sabiduría debía ensuciarse las manos si quería sembrar el futuro.

Así nació, con el amparo de la Corona y la venia del Consejo de Libres y Sabios, una nueva iniciativa al servicio del bien común: la **Obra de Saberes Aplicados**, un tejido de talleres, fraguas, tiendas nómadas y cámaras de estudio donde hombres y mujeres de oficio —alquimistas no embaucadores, físicos del mundo real, artesanos mayores y herederos de antiguos gremios— se reunían bajo una sola consigna: que el conocimiento sirviera a la vida, y no al orgullo de quien lo portaba.

No era escuela ni cofradía cerrada, sino un cuerpo vivo que respiraba entre el polvo y el cielo. No se toleraba ni el encantamiento vano ni la ciencia envuelta en humo. La alquimia se sometía al juicio del experimento; la física, a la prueba sin dogmas. Cada idea debía presentarse ante los sabios, discutirse tanto por quienes pensaban con rigor como por quienes trabajaban con las manos. Si requería del tesoro del Reino, era el Consejo de Libres quien juzgaba su valor. Solo entonces, si hallaba mérito, la Corona ofrecía sustento.

De estas fuentes brotaron invenciones que transformaron el pulso del Reino: conductos de regadío que regaban sin herir los ríos, presas de derivación construidas con respeto por la tierra, herramientas de labranza que aliviaban el cuerpo del campesino sin menguar la cosecha.

El Silmarel, que separaba las regiones de Orfrán y Ardoria, fue acondicionado como vía fluvial permanente, con esclusas de madera reforzada que permitían la navegación entre campos y graneros. En tanto, el Teryandel fue dragado con delicadeza para que las barcazas de vela triangular —diseñadas por sabios artífices del sur— pudieran unir los mercados con rapidez y cuidado.

El Reino emprendió además la construcción de dos puentes fundamentales para conectar sus regiones y facilitar el comercio y la defensa.

El primero, sobre el Silmarel, cruzaba un tramo de unos 50 metros de ancho y unos 3 metros en su zona menos profunda. Debido al caudal variable y a los deshielos estacionales, la obra se planificó para resistir crecidas y cambios climáticos. Para ello, se usó piedra blanca local junto con basalto en las bases, y escoria volcánica como relleno, aportando mayor firmeza y resistencia. El tablero superior se construyó con cimbra y madera noble, seleccionada por su durabilidad y belleza. La construcción demandó varios años de trabajo continuo, combinando la fuerza de canteros, carpinteros y artesanos. El resultado fue un puente sólido, con arcos amplios que respetaban el cauce del río, evitando alterar su curso natural y garantizando la permanencia ante las fuerzas de la naturaleza.

El segundo puente cruzaba el Teryandel, también con un ancho similar pero de aguas más hondas y calmadas. Aquí se optó por una estructura mixta que priorizaba la adaptabilidad y el mantenimiento: bases y arcos de piedra blanca se complementaron con plataformas modulares de madera resistente, pensadas para facilitar desmontajes rápidos en caso de emergencia, protegiendo así la inversión y la seguridad del Reino. El relleno consistió en arcilla compactada y arena fina para absorber movimientos menores y evitar asentamientos. Este diseño permitió una flexibilidad que ayudaba a mantener el equilibrio entre firmeza y adaptación a las condiciones cambiantes del río.

Ambas construcciones, erigidas en un lapso de 6 a 8 años, representaron un esfuerzo colectivo que no solo unió físicamente las tierras de Velhoria, Orfrán y Ardoria, sino que se alzaron como pactos de paso, símbolos de un tiempo donde la unión prevalecía sobre el dominio, respetando y preservando la armonía del paisaje.

Estos puentes constituyeron verdaderos emblemas de una voluntad firme: la de avanzar unidos hacia un futuro compartido.

Uno de ellos, el Puente de Gawstenia, enlazaba las minas de Ardoria con la región central.

"El Puente de Gawstenia no era solo un tramo de piedra entre márgenes: era la memoria petrificada del mar, del fuego y de Gawain, el hombre que eligió arder antes que rendirse."

El otro, el Puente de Brunwald, nacía en la espesura de los bosques de Velhoria y descendía hacia las llanuras fértiles de Orfrán.

"Quien cruza Brunwald no solo cambia de tierra: entra en el eco de un bosque que aún susurra el nombre de Waldric, un hombre que dio su vida por los que no conocía."

También se construyeron depósitos regionales de desechos —alejados de cursos de agua y tratados con capas de arcilla y cal—, y se diseñó, por primera vez, una red de cloacas en la ciudad de Nareth. Inspirados en la antigua Cloaca Máxima de Roma, se construyeron túneles con bloques de piedra ensamblados mediante una argamasa —una mezcla de cal, agua y agregados minerales— reforzada con ceniza y piedra volcánica, traída desde regiones distantes por los comerciantes del puerto. Esta combinación, resistente y duradera, permitió imitar el flujo natural de las aguas, evitando estancamientos y enfermedades.

En las montañas, alquimistas y cartógrafos descendían con cautela a las entrañas de la piedra, aprendiendo a ver sin destruir, a escuchar el latido del oro sin arrancarle el corazón a la tierra. En las tierras del norte, bajo la tutela de un joven maestro del temple, se halló un modo de endurecer el hierro sin quebrar su alma, revolucionando la fragua de espadas, escudos, herramientas y yugos.

Y sin embargo, uno de los gestos más nobles no nació del Consejo ni de las altas cámaras del saber, sino del recuerdo de un hombre que había aprendido antes a servir que a reinar: Árgenor, el mismo que había aceptado portar la corona no como privilegio, sino como carga compartida.

Maestro en el arte de curar animales —aunque él prefería llamarse simplemente un servidor de las bestias—, Árgenor había dedicado su mocedad a estudiar los cuerpos dolientes de bueyes, mulas, aves y corceles. Sabía que el Reino descansaba tanto en el hombro del campesino como en el lomo de los animales. Y sabía también que en los parajes apartados, donde ni galenos ni sabios llegaban, las criaturas sufrían sin voz ni remedio.

Fue así como fundó la **Caravana del Saber Silvestre**: un carruaje sencillo, adaptado como casa de remedios ambulantes para el cuidado de animales. Estaba cargado de ungüentos para cascos agrietados, hierbas contra fiebres, cuchillas para partos difíciles, manuales de sanación y vendajes trenzados por él mismo; todo sostenido por la paciencia y el andar constante.

Con dos aprendices fieles, inició un largo recorrido por caminos y veredas, curando sin pedir oro, enseñando sin jerarquías y aliviando con manos sabias y palabras breves. Con el tiempo, cuando su presencia fue necesaria de forma permanente en los asuntos del Reino, fueron sus aprendices quienes continuaron esas rutas, dejando tras su paso menos dolor... y más conocimiento.

No cobraba moneda. Solo pedía que lo aprendido fuera custodiado y ofrecido al prójimo.

Aquel gesto —que muchos vieron como pequeño— cambió el vínculo entre la ciencia y el campo, entre la técnica y la ternura.

Por primera vez en los anales del Reino, la compasión se volvió saber, y el saber aprendió a inclinarse.

Conmovido por su obra, el Consejo de Libres decidió sembrar esa semilla en otros oficios.

Así, la Caravana del Saber Silvestre se convirtió en matriz y modelo de lo que luego serían las Caravanas de Alivio y Cuidado: una red de carruajes adaptados para servir allí donde las instituciones aún no llegaban.

Nacieron entonces otras caravanas: una para aliviar a los hombres heridos, otra para reconocer los suelos, otra para socorrer cosechas, otra más para llevar el yunque y el martillo hasta donde no alcanzaban los caminos.

Lo que había comenzado como un gesto solitario de compasión, se transformó en política viva: una sabiduría que no se archivaba, sino que viajaba.

Cuando Árgenor supo que su tiempo menguaba, rechazó títulos y galardones. Solo pidió que la madera de su caravana fuera usada para erigir la primera **Aula Rural de Ciencias del Reino**. "El saber que no rueda —dijo entonces—, se duerme y se oxida como cuchilla olvidada."

Desde entonces, los hijos del Reino crecieron sabiendo que el conocimiento no solo habita en salones ni reposa en los libros, sino que rueda en los caminos polvorientos, late en el sudor de la fragua, respira en el viento que infla las velas y sana en las manos humildes que curan sin alarde.

Máxima:

"Todo saber que no desciende a la tierra, pierde el rumbo y olvida su origen. La razón, para ser faro, debe tocar la arcilla."

Capítulo XV – El Trípode del Trono

La paz no era un don eterno, sino una tarea constante.

Árgenor lo sabía, y su hijo Roderic —comandante de la Guardia Común— lo había comprendido en carne viva. Tras las antiguas incursiones por Nareth, quedó claro que la estabilidad del Reino no podía depender solo de pactos formales ni de la voluntad cambiante de los vecinos.

En el norte, las Colinas de Ordenia marcaban el límite con el Reino del Valle del Mediodía. No albergaban un conflicto abierto, pero sí una posibilidad latente: la de que lo inesperado tomara forma. Roderic, observador por naturaleza, entendió que la defensa no podía improvisarse cuando el peligro ya había cruzado los márgenes.

Así, con el respaldo firme de Árgenor, comenzó la transformación de la Guardia Común en un cuerpo permanente y coordinado, capaz de custodiar sin provocar, de anticipar sin invadir. Nacía así el **Ejército del Reino de las Cuatro Torres**, no como maquinaria de guerra, sino como arquitectura de estabilidad.

No se trataba solo de fortificar las fronteras, sino de preservar aquello que la guerra había puesto en evidencia: que la paz debía construirse con previsión, educación y responsabilidad compartida.

Su juventud, marcada por los viajes a Zelmira, Ravendor y Angros, se había transformado en un legado transmitido con precisión y pasión en cada rincón del Campo del Fénix. Aquel extenso llano del centro-este del reino no era solo un terreno de entrenamiento: era el epicentro formativo desde donde las unidades eran desplegadas hacia los diversos campamentos regionales, la cristalización de una doctrina, una forma de pensar la guerra como equilibrio entre necesidad, ética y previsión.

En sus explanadas de grava apisonada y bajo la sombra de los pabellones de instrucción, Roderic había reunido a un grupo selecto de capitanes, elegidos no por obediencia ciega, sino por la integridad con que llevaban su oficio. Cada uno formaba una escuela viva dentro del cuerpo común:

Cedric presidía el *Aula del Tablero*, donde se enseñaban estrategia y táctica militar. Allí, la lógica y la previsión valían más que la fuerza; se aprendía a anticipar, a perder para ganar, a leer el campo de batalla como quien descifra un poema oculto.

Además de mentor en la estrategia, era un espadachín excepcional. A la caída del sol, cuando el aula quedaba en silencio, algunos se quedaban a verlo practicar en soledad, cruzando hojas con el aire mismo. No enseñaba el manejo de la espada en grupo, pero a quien pedía aprender con humildad, le ofrecía duelos callados donde el acero se volvía filosofía:

—Una espada —decía— no enseña a atacar, sino a no retroceder cuando uno decide defender lo justo.

Uno de los que con mayor frecuencia se enfrentaba a él no era un alumno joven, sino un soldado experimentado: **Haldric**, hombre de años firmes y gesto austero, con más silencios que cicatrices. Entrenaba junto a Cedric, no como aprendiz, sino como quien se templa para enseñar.

Cedric veía en él un temple singular, más hecho de pausa que de ímpetu. Ambos compartían partidas de estrategia y filosóficas caminatas tras el entrenamiento, donde las jugadas del tablero se discutían como decisiones de vida.

Haldric hablaba poco, pero cuando lo hacía, sus palabras dejaban huella. A veces se lo veía observar las piezas en silencio, con la concentración de quien no solo piensa la batalla, sino que la recuerda.

No todos lo sabían aún, pero en aquel soldado veterano, el Reino estaba formando no un capitán, sino un futuro maestro. Uno que, con el tiempo, enseñaría con más silencio que espada, y con más mirada que grito.

Brenor, con su voz áspera y su capa manchada de barro, instruía a los jinetes. Nadie conocía mejor que él los secretos de una carga inclinada o la tensión de un caballo en galope forzado; su escuela era dura, pero sus alumnos salían convertidos en centauros.

Argán, de ojos agudos como halcón de invierno, dirigía la formación de los arqueros. Decía ver más allá del horizonte, y pocos se atrevían a contradecirlo cuando disparaba una flecha recta en medio de una ráfaga cruzada. Su enfoque combinaba paciencia, respiración y geometría.

Haldor, de brazos como troncos y voz breve, enseñaba el arte del combate cuerpo a cuerpo. Era la fortaleza encarnada, pero también un escultor del esfuerzo: moldeaba a los nuevos soldados como al hierro en la fragua, endureciéndolos sin romperlos. Lo secundaban los gemelos **Elión** y **Calión**, maestros de artes marciales mixtas, cuya coordinación era tan precisa que sus movimientos parecían coreografía de espejos. Con ellos, los aspirantes aprendían no solo a resistir y contraatacar, sino a leer el cuerpo del adversario como si fuera una carta abierta: todo desequilibrio, una oportunidad; todo exceso, un flanco expuesto.

En ocasiones acampaban con los aprendices y continuaban los entrenamientos a la luz de la luna.

Una noche, cuando el sudor se secaba y los músculos aún dolían, algunos muchachos se quedaron junto al campamento ribereño, preparando el fuego y limpiando pescados recién sacados del Silmarel.

Haldor, de pie como una torre junto al sauce mayor, servía de blanco involuntario a los intentos de los gemelos Elión y Calión, que ensayaban rápidas combinaciones de patadas. Cada ataque rebotaba en su cuerpo como si golpearan un roble.

—Imposible —murmuró uno, jadeando.

Argán, recostado sobre una piedra plana, comía una manzana con desgano y sonrisa torcida. Observaba la escena con aire divertido.

—Seguid, seguid —dijo—. Quizás logren moverle un pelo de la barba.

Los muchachos rieron, y más aún cuando, terminada la serie de golpes, Haldor comenzó a caminar lentamente hacia el río. Sin decir palabra, Argán se levantó y comenzó a imitarlo, paso a paso, gesto por gesto, como una sombra burlona con exageraciones teatrales.

Las carcajadas estallaron entre los aprendices.

Entonces Haldor se detuvo, giró apenas, lo miró de reojo y, sin aviso, lo alzó del cinto con una sola mano.

—¿Sabes nadar, sabio?

—¡Depende de la profundidad del pensamiento! —alcanzó a gritar Argán justo antes de volar por el aire.

El chapoteo levantó una nube de gotas y risas que se mezclaron con el humo de la leña recién encendida.

Esa noche, las estrellas parecieron más cercanas. Nadie olvidó aquel momento. Ni la lección que, sin decirlo, transmitía: que incluso los más fuertes pueden ser sorprendidos, y que el respeto crece mejor cuando se mezcla con alegría.

En esa risa compartida, el compañerismo se templaba como una forma sutil de coraje. Y al llegar la mañana, la disciplina volvía con la misma gravedad, pero no con el mismo silencio.

También, entre los capitanes, estaba **Tharna**, única mujer entre formadores forjados en acero, lideraba la formación de las aspirantes que buscaban un lugar en las filas del Reino. No admitía indulgencias ni favoritismos: las entrenaba primero en grupo propio, y luego, con firmeza y respeto, las integraba a las formaciones mixtas. Su presencia imponía más que su voz, y su autoridad se sostenía en cada gesto.

Y finalmente, **Varka**, nombrado recientemente en lugar de Gawain tras su heroica caída, se hizo cargo de la Guardia del Amanecer, encargada de custodiar los tramos costeros del sur y las desembocaduras fluviales en Nareth. Su experiencia naval y su sentido del deber eran incuestionables; aunque aún joven para el cargo, se decía que su lealtad era inquebrantable como la roca de las murallas que custodiaba.

Bajo estas manos diversas y firmes, el Campo del Fénix no era un simple cuartel: era un crisol donde se templaban no solo soldados, sino guardianes del Reino.

En la **Torre de Arquería**, los ecos de Zelmira resonaban con cada cuerda tensada. Allí, los jóvenes se entrenaban entre simulacros de niebla y dianas móviles, aprendiendo a leer el viento más que a confiar en la vista. Los instructores, bajo la supervisión de Argán, enseñaban no solo el arte de la guerra, sino el valor del equilibrio entre fuerza y sabiduría. Argán, que pasaba parte de su tiempo patrullando los riscos de Ardoria, solía repetir:

—La flecha acierta cuando la mente ve más lejos que el ojo.

También replicaban una máxima que Roderic había aprendido entre los acantilados ribereños de Zelmira:

—No dispares para herir; dispara para impedir el avance.

Cada ejercicio era un tributo a la paciencia y al cálculo. En una práctica reciente, un escuadrón logró inmovilizar una columna enemiga simulada no por la cantidad de flechas, sino por su ubicación: disparos cruzados que obligaban al enemigo a protegerse sin posibilidad de contraatacar. Era el dominio del terreno sin ocuparlo; el arte de quebrar una ofensiva desde la distancia.

En la **Loma del Acero**, donde la caballería se entrenaba entre zanjas, pendientes y escudos deslizantes, resonaba la herencia de Ravendor. Allí, Roderic había comprendido que la fuerza bruta servía de poco sin coordinación. Las cargas se ensayaban en doble columna, con relevos cronometrados, y los jinetes aprendían no solo a romper líneas, sino a replegarse en ángulo para proteger las alas del ejército.

Una escena habitual en los entrenamientos mostraba a un grupo de caballeros simulando una retirada en espiral, atrayendo a la infantería enemiga hacia una trampa donde arqueros ocultos esperaban en los flancos. Una maniobra nacida en las montañas, ahora convertida en lección obligatoria.

En el **Valle del Muro Vivo**, la infantería aprendía a no ser masa, sino mecanismo. Inspirado en las escaramuzas de Angros, donde Roderic enfrentó su primer combate real, este centro enseñaba a moverse como si cada soldado fuese una baldosa de una fortaleza ambulante. Los escudos, diseñados con cerraduras ocultas, podían unirse en segundos y formar murallas móviles que resistían flechas, lanzas y hasta el empuje de caballos.

En una de las pruebas más duras, se ordenaba a una unidad mantener posición durante una hora bajo una lluvia de proyectiles lanzados desde catapultas de madera. No bastaba resistir: había que avanzar paso a paso, con ritmo, como una marea que no se detiene. El silencio era parte del entrenamiento, pues Roderic siempre decía:

—El que grita en la guerra, duda. El que avanza en silencio, ya ha vencido a la incertidumbre.

El **Aula del Tablero** se disponía como un santuario sobre una elevación natural en la llanura. No tenía armas, solo mapas, piezas de ajedrez y el murmullo constante de la lógica. En ese espacio se levantaron columnas de granito y piedra tallada, otorgándole solemnidad y dirección. Así fue naciendo el **Mirador de Piedra**, orientado hacia el este, como signo de vigilancia y apertura al porvenir. Y fue allí donde, más tarde, Roderic y Cedric instruían sobre asedios prolongados, falsas retiradas, rutas de abastecimiento y cargas psicológicas.

Los jóvenes pasaban semanas reconstruyendo antiguas batallas, buscando no solo quién venció, sino por qué y a qué costo. Uno de los ejercicios más comentados fue el estudio de una derrota sufrida en el norte por un comandante arrogante que dejó desprotegida una mina clave. Allí se comprendía que no toda victoria se logra con la espada: a veces basta cortar el suministro de sal para obligar al enemigo a negociar.

Se enseñaban desvíos logísticos, simulaciones de hambruna para sembrar miedo, o cómo utilizar el calendario a favor, esperando el deshielo para forzar un paso natural.

La Obra de Saberes Aplicados complementaba ese entramado con inventiva práctica. Los arcos de doble tensión, que permitían disparos más largos con menos esfuerzo; las catapultas con ángulo ajustable, capaces de golpear tras parapetos; y los escudos con cerradura, fundamentales para el Muro Vivo, surgieron de esos talleres.

Pero ninguna invención fue más celebrada que el Manto de Defensa: una armadura modular compuesta por placas móviles que se adaptaban al tipo de amenaza. Ante proyectiles, las piezas se cerraban como escamas. En combate cuerpo a cuerpo, se liberaban zonas de flexión para permitir la maniobrabilidad.

Roderic había sido el primero en probarla, y su voz aún se repetía en los pasillos del taller:

"La defensa no es la negación del combate, sino su prolongación inteligente."

Así, en el Campo del Fénix, se tejía día a día la continuidad de una visión: la de un reino que no aspiraba a conquistar por codicia, sino a resistir por sabiduría.

Donde antes solo había polvo y silencio, ahora ardía sin llama el fuego persistente de la defensa: como un Fénix, el Reino había aprendido a renacer con vigilancia, no con venganza.

Y cada formación, cada maniobra y cada artefacto eran testimonio de una verdad más profunda: la guerra podía ser un arte si se la pensaba, se la enseñaba y se la respetaba como tal. Porque solo un reino que educa para resistir, no para destruir, puede aspirar a una paz que dure más que una victoria.

Máxima:
"Solo donde la previsión guía, la educación arraiga y la responsabilidad se comparte… la paz deja de ser un suspiro, y se convierte en cimiento."

Aunque en el norte aún se reforzaban las almenas y los cascos resonaban en las planicies, Roderic dirigía ya su mirada hacia una frontera más insidiosa: la que se dibujaba dentro del propio Reino, allí donde las leyes callaban y la costumbre encubría.

No vestía corona, pero su palabra tenía el mismo peso que la del rey. Árgenor y Roderic discrepaban en muchos asuntos, pero no en lo esencial: la justicia no debía estar al servicio del orden, sino de la dignidad. El Consejo, que conocía bien la armonía entre ambos, solía decir que cuando uno hablaba, el otro pensaba lo mismo en voz baja.

Así nació la propuesta de una nueva orden armada, no orientada al combate exterior, sino a la protección civil y la prevención del crimen en los caminos del Reino. No eran soldados ni jueces, sino Custodios de la Paz: una división singular de la milicia, sin pendones ni fanfarrias, vestidos de azul oscuro, con un emblema sobrio: una balanza entrelazada por una rama de laurel, símbolo de justicia ejercida con honor, y fuerza al servicio de la paz.

Su misión: vigilar mercados, custodiar rutas, registrar las entradas y salidas del Reino, proteger a los indefensos y descubrir crímenes silenciados por el miedo o la indiferencia. A diferencia de la Guardia Real, que obedecía sin preguntar, los Custodios debían ver, escuchar y pensar.

La primera operación importante tuvo lugar al este, en un cruce de rutas usado por mercaderes y desplazados. Allí, una carreta fue interceptada con cinco mujeres y dos niñas ocultas entre sacos, encadenadas, sin documentos ni palabras. No eran viajeras. Eran mercancía.

La investigación que siguió expuso una red clandestina de compraventa de mujeres y niñas, amparada por el desorden de la posguerra. Algunas de las víctimas eran huérfanas, otras habían sido engañadas o vendidas por familiares desesperados. Terminaron en tabernas disfrazadas de hospedajes, o encerradas como botín en casas donde nadie preguntaba de dónde venían.

Roderic, al conocer los hechos, no reaccionó con furia. Solo pidió una sesión del Consejo, habló sin alzar la voz y dijo:

—No toda amenaza llega con estandarte. Algunas visten capa de vecino y rostro de costumbre. Pero si callamos, pactamos. Y este Reino no está hecho para pactar con la sombra.

El Rey Árgenor asintió, sin añadir palabra. Aquel gesto fue suficiente para abrir las puertas de acción. En los días siguientes se ejecutaron allanamientos coordinados, se rescataron decenas de mujeres y niñas, y se prohibió formalmente toda compraventa de personas en los dominios del Reino, ya fuera directa o disfrazada de "acuerdos privados".

El decreto fue redactado sin metáforas:

"Ningún cuerpo puede ser objeto. Ninguna vida, una transacción. El Reino protegerá con su espada no sólo la frontera, sino la dignidad de los suyos."

Pero la libertad no es solo la ausencia de cadenas. Por iniciativa conjunta de Roderic y Árgenor, se fundaron los Hogares de Amparo: casas sostenidas por la Corona y mantenidas por voluntarios donde las mujeres liberadas recibían cuidados, instrucción, descanso, y lo más valioso: tiempo sin miedo.

Uno de esos hogares funcionaba cerca de un viejo molino restaurado. Allí, Solmir, aún joven, ofrecía lecturas vespertinas y enseñaba a jugar al ajedrez. En sus cuadernos anotaba ideas que apenas comprendía, pero que ya lo conmovían. Un día, entre citas de Séneca y diagramas de tablero, escribió:

"Hay cadenas que no se ven, pero oprimen. Hay libertades que no llegan sin el otro. Sólo es libre quien ha sido visto como fin, y no como medio."

Fue entonces cuando nacieron las Escuelas de las Hijas Libres, abiertas para niñas humildes: algunas habían nacido en libertad, otras renacidas tras ser rescatadas. Allí aprendían a leer, a escribir, a contar y, sobre todo, a decidir. No se las formaba para obedecer, sino para comprender y construir.

Con los años, muchas de ellas continuarían su formación en las Escuelas del Pensamiento —de Hipatía, Diotima, Areta— donde el saber era camino de dignidad. Algunas regresarían como maestras, sembrando amor desde las raíces del dolor que habían conocido. Otras, con voz firme, serían escuchadas ante la atención plena del Consejo.

Entre tantas vidas rescatadas, algunas eligieron el silencio, otras la palabra. Una de ellas —de cabello rojizo, piel pálida y mirada quieta— eligió ser retratada. La pintura no buscaba ornamento, sino memoria. La joven estaba sentada sobre una cama sencilla, de espaldas, envuelta apenas por un manto claro que no cubría del todo las cicatrices en su espalda. El cabello, corrido hacia un lado, dejaba visible la huella de los antiguos latigazos. Sybilla la pintó en silencio, sin dirigirla, con respeto profundo. Años después, esa obra adornaría uno de los muros de mármol del Reino, bajo un título que nadie se atrevió a cambiar: *"Nunca Más"*.

Así comenzó a cambiar el Reino: no por la solemnidad de un discurso, sino por la firmeza de una presencia.

Roderic, artífice silencioso de esa transformación, no necesitaba alzar la voz ni buscar altura: bastaba con la autoridad de sus gestos, nacidos del barro de los caminos, del peso de los cuerpos heridos, del filo de una espada empuñada no para someter, sino para cuidar.

Y fue en esos actos —más que en sus palabras— donde el Consejo comprendió que no había rechazado la corona por desdén, sino porque entendía que su deber primero era proteger al Reino, no ceñirse una diadema. Forjar desde abajo, antes de dirigir desde lo alto algo que aún no estaba listo para perdurar.

Y así, mientras las fronteras se mantenían firmes, la paz comenzaba a echar raíces, incluso en los hogares más olvidados del Reino.

El salón de justicia de Orfrán, ya operativo en el centro-sur del Reino, se alzaba junto al río Silmarel, a escasa distancia del castillo real aún en construcción, donde se preveía instalar la futura sala del Consejo. Más que un recinto de deliberación, era un símbolo. Allí se encarnaba uno de los principios fundacionales del Reino de las Cuatro Torres: que la ley no debía pender del capricho del más fuerte, sino del juicio sereno de los más sabios.

En el centro del recinto, sobre una base de mármol blanco y ónix negro, se alzaba una imponente balanza de bronce. Reposaba con dignidad sobre una columna baja, ornamental, al estilo clásico. Apenas superaba el metro, pero su presencia confería solemnidad al conjunto.

En el eje central de la balanza, elevado como un bastión, se alzaba un castillo: emblema de la unidad del Reino. En cada platillo, una torre: una blanca y otra negra. Simbolizaban el equilibrio entre la justicia severa y la compasiva, entre la norma firme y el juicio humano.

Uno de los muros laterales mostraba una pintura alegórica: una mujer de túnica blanca y ojos vendados caminaba sobre una cuerda extendida entre dos torres. En una mano alzaba una antorcha; en la otra, sostenía una rama de olivo. La obra, titulada *La Imparcial*, era de Sybilla, esposa de Roderic y reconocida artista del Reino. En el marco inferior, grabada en bronce, podía leerse una antigua máxima: *"Donde la mirada se nubla, que el juicio despierte"*.

Nadie entraba en ese salón sin detenerse, aunque fuera un instante, a contemplar aquellos símbolos.

El Poder Judicial del Reino estaba organizado según la división territorial en cinco grandes regiones: Orfrán, Telmar, Velhoria, Ardoria y Nareth.

En cada una de ellas funcionaba un juzgado regional compuesto por tres jueces, siendo uno de ellos el Magistrado Mayor, quien presidía las sesiones y emitía voto dirimente en caso de desacuerdo. Un notario oficial, designado por el Consejo, tomaba nota fiel de lo dicho, registrando no solo las decisiones, sino también los argumentos, como legado para futuras generaciones.

Los miembros de cada juzgado eran propuestos por el Consejo de Libres y Sabios, tras audiencias públicas y deliberaciones internas. Ni el Rey, ni terratenientes poderosos, ni el clamor popular podían nombrarlos sin que antes pasaran el filtro del conocimiento, la prudencia y la reputación ética.

Las resoluciones de cada juzgado, si bien respondían a los hechos del caso, debían siempre enmarcarse en el Códice del Reino: una compilación de máximas y principios rectores, redactados por el Consejo de Sabios bajo mandato del Soberano, con el fin de preservar la coherencia entre la ley escrita y el espíritu fundacional del Reino.

El Rey, por voluntad de los fundadores —y en especial por el gesto explícito de Árgenor— fue excluido de toda función judicial directa. No era juez, ni apelador, ni fiscal. El cetro podía comandar ejércitos o firmar pactos, pero no interfería en la sentencia de un hombre. La justicia, al igual que la espada, debía tener filo... pero también límites.

Para las causas mayores que concernían a la Corte, o comprometían intereses reales, o causas delicadas que podían afectar la estabilidad del Reino, se conformaba un tribunal especial: el Consejo de Libres y Sabios, reducido a siete miembros, quienes actuaban como cuerpo de magistrado mayor. En estas sesiones, la palabra era sobria, las discusiones largas y las decisiones lentas, como corresponde a lo que debe durar.

La ley no se aprendía solo de libros ni de herencias, sino del contacto con la vida. Por eso, entre los jueces solía haber antiguos soldados, escribas, viajeros, agricultores instruidos, y sabios formados en el aula del tablero. Sus votos valían lo mismo, pero sus experiencias daban matices distintos.

Los juicios eran públicos, orales, y exigían no solo el conocimiento de las leyes, sino la disposición a escuchar lo que no estaba escrito. Se juraba no por estandartes ni por dioses, sino por la verdad y la dignidad del cargo.

El salón de justicia estaba colmado aquella mañana. No por lo inusual del caso, sino porque muchos veían en el campesino Tarnel el reflejo de sus propios temores: el año había sido cruel con las siembras, y las tormentas de granizo en primavera terminaron de arrasar con la cosecha de trigo.

Tarnel había comparecido ante el tribunal acusado de no cumplir con el tributo de temporada, exigido por la Corona para el sostenimiento de los caminos, el ejército y los hogares de refugio. No negaba la falta. Pero pedía no ser despojado de sus tierras, ni marcado como infractor.

Presidía el juicio Séneca, Magistrado Mayor y miembro respetado del Consejo de Libres y Sabios. Hombre de voz serena y mirada introspectiva, era conocido por estudiar las leyes junto a las *Cartas a Lucilio* y las *Máximas de Epicuro*, convencido de que el Derecho debía proteger tanto la paz del espíritu como el orden del Reino.

La acusación era clara: el tributo no había sido entregado. Algunos miembros del círculo de recaudación solicitaban confiscar parte de su campo como compensación.

Entonces, Gavién se puso en pie. Llevaba consigo un cuaderno maltrecho y las manos manchadas de tinta, prueba de que había pasado la noche redactando su defensa.

Habló con claridad:

—El Reino exige tributo para mantenerse firme. Pero, ¿quién sostendrá al Reino si quebramos al que trabaja la tierra? Este hombre no se negó por desdén, ni por deslealtad. Se negó el alimento para alimentar a los suyos. Cultivó, sembró, y vio perderlo todo por causas que no estaban en sus manos: tormentas, langostas, un hijo enfermo.

Hizo una pausa. Luego continuó:

—No pido que se ignoren las leyes, sino que se apliquen según su espíritu. Una ley ciega ante la realidad no es justicia, sino dogma. Castigar al pobre por no tener es despojarlo dos veces: de la cosecha... y de la esperanza.

Séneca, tras escuchar en silencio, pidió a un escriba que leyera una cláusula antigua del código de tributos:

"Quien, por causas de fuerza mayor, demuestre no poder pagar lo debido, podrá solicitar amparo temporal. Su deuda no será perdonada, pero sí postergada, y el Consejo deberá garantizar que no se le prive de sus medios de subsistencia."

Se hizo un breve consejo. Algunos jueces locales expresaron dudas. Pero uno de los sabios, con voz calma, recordó:

—Epicuro escribió: "No es pobre quien tiene poco, sino quien desea más de lo necesario." El Reino que desea lo necesario será duradero; el que exige más de lo que su gente puede dar, pronto quedará vacío de pueblo.

El veredicto fue el siguiente:

- La deuda de Tarnel sería registrada, pero no ejecutada.
- Se le concedería un año de prórroga, con asistencia técnica para mejorar sus cultivos.
- Y en adelante, se establecía la figura del *tiempo de amparo*, destinado a proteger a los campesinos ante adversidades extraordinarias, sin quitarles la tierra que los mantenía.

Cuando Tarnel cayó de rodillas agradeciendo, Gavién lo levantó sin aspavientos y le dijo:

—Hoy no hemos ganado un caso, hermano. Hemos recordado al Reino que sin justicia para el último, no hay paz verdadera para el primero.

Gavién salió del tribunal con el peso de las palabras aún resonando en su mente. Sabía que se había hecho justicia esa jornada, pero también era consciente de que el Reino aún debía avanzar mucho para proteger a todos sus hijos por igual.

Sin embargo, al mirar hacia la balanza de bronce, y más allá, hacia el horizonte donde se alzaban el Campo del Fénix y los hogares de amparo, sintió que el camino trazado hasta entonces era el adecuado. La defensa, la custodia y la justicia no eran ramas separadas, sino las tres patas de un mismo trono: la fuerza que guarda la frontera, la vigilancia que protege la vida, y la ley que vela por la dignidad. Solo juntas podían sostener una paz que no se quebrara con la primera tempestad.

Máxima:

"Donde la justicia es piedad medida, la custodia libertad y la defensa equilibrio... la ley es sabiduría y la paz, fundamento."

"La Imparcial"

Óleo de Sybilla. Representa a la Justicia caminando a ciegas entre dos torres, con una antorcha y un olivo como guías. Obra emblemática de equilibrio y coraje en tiempos de incertidumbre.

"Donde la mirada se nubla, que el juicio despierte"

Capítulo XVI – En los Bordes del Reino

Primera Parte: Desarraigo

Cuando la guerra terminó y el estandarte enemigo fue abatido, a los mercenarios derrotados se les ofrecieron dos caminos: marchar hacia las Colinas de Ordenia, libres pero desterrados, o quedarse en el Reino, trabajar y con el tiempo ganar ciudadanía. Iskar, como muchos otros, eligió quedarse. Quería abandonar para siempre la vida errante del soldado de paga, pensó que el sudor honrado podría borrar la sangre del pasado.

Lo enviaron a las minas de Ardoria. Allí, en la profundidad húmeda y oscura de la roca, comenzó su intento de redención. Los días empezaban antes de la aurora y se extendían hasta que las lámparas de aceite consumían la última gota. Martillos, picos y sacos de mineral; pulmones llenos de polvo metálico; manos agrietadas y quemadas por el hierro candente.

A veces, mientras picaba la roca, el eco metálico del martillo se mezclaba con recuerdos que no podía enterrar: el rostro de un joven que había caído bajo su espada, la súplica de un aldeano que jamás olvidó. En las noches más largas, al cerrar los ojos, aún veía las llamas de las aldeas saqueadas. "Trabajo... y con cada golpe pago una deuda que nunca terminaré de saldar", se decía, intentando convencerse de que la piedra podía absorber la culpa igual que absorbía el sudor.

En Ardoria intentaba redimirse, pero la dureza del trabajo no era lo más pesado. El verdadero peso venía de las miradas. Los otros obreros lo mantenían a distancia. Ninguna palabra hostil, ningún golpe, pero tampoco amistad. En la cantina, los bancos a su alrededor quedaban vacíos. En los mercados, las madres retiraban a sus hijos cuando él pasaba. Para todos, seguía siendo un invasor; un extraño que había manchado la tierra antes de pretender labrarla.

Con el tiempo, la mina redujo cuadrillas y muchos jornaleros encontraron empleos en talleres y campos de forja. Iskar fue de aldea en aldea buscando lo mismo. Pero las puertas se cerraban antes de escuchar su propuesta: nadie quería excombatientes en sus talleres, ni siquiera para trabajos menores.

La paga en la mina ya no alcanzaba. Los bolsillos vacíos se volvieron hambre, y el hambre desespero. En una noche de densidad aplastante, de esas que pesan en el alma, Iskar cruzó el cerco de una granja apartada y tomó un cordero, con la simple intención de comer y seguir buscando trabajo. El animal baló y el pastor despertó.

Al amanecer, lo perseguían con perros y antorchas. Iskar corrió sin mirar atrás. Sabía que si lo atrapaban, no habría juicio compasivo ni segunda oportunidad: sería marcado como ladrón, condenado a trabajos forzados o al destierro inmediato.

Corrió hacia el sur y luego al oeste, más allá de las Llanuras del Alba, hasta que el terreno comenzó a ondularse. Los Montes Grises surgieron como una muralla de lomas boscosas, suaves pero interminables, que rozaban los límites de Nareth y Velhoria.

Días después, exhausto, con las ropas desgarradas y la dignidad quebrada, alcanzó la orilla del Lago Mirelune. Sus aguas quietas reflejaban un cielo sin banderas ni fronteras.

El aire olía a madera húmeda y a pan recién horneado. Entre los juncos, los patos se deslizaban sin perturbar el espejo del agua, mientras las garzas lanzaban graznidos que se perdían en el bosque. De noche, las luciérnagas flotaban como brasas quietas sobre la orilla, y el silencio del lago era tan profundo que Iskar, por primera vez en años, escuchó los latidos de su propio corazón sin sobresalto.

Allí, una pequeña comunidad vivía sin jerarquías ni leyes del Reino, en armonía con la naturaleza. Lo acogieron sin preguntas, le ofrecieron pan, fuego y un sitio donde dormir.

Por primera vez desde la guerra, Iskar no sintió el peso del rechazo. Pero su refugio temporal plantaría las semillas de un conflicto mayor: el Reino aún no había resuelto qué hacer con los hombres que, como él, sobrevivían a la guerra pero erraban sin reposo en tierras que no los abrazaban.

Y aun mientras dormía sobre un lecho de heno, con la brisa del lago calmando sus heridas, una inquietud latente permanecía: la sensación de que aquel remanso de libertad estaba demasiado expuesto como para durar para siempre.

Iskar, tras semanas de desconfianza y aislamiento, comenzó a hallar un espacio propio en la comunidad del Lago Mirelune. Al principio dormía lejos de las chozas, temiendo ser rechazado o entregado. Pero la comunidad, formada por familias que habían huido de la dureza del Reino buscando otra forma de vida, no lo veía como enemigo. Lo vieron llegar con los huesos marcados por el hambre y los ojos endurecidos por años de guerra y minas, y simplemente lo acogieron.

Iskar, acostumbrado al trabajo pesado de Ardoria, se ofreció para levantar nuevas viviendas, cargar leña y ayudar en la pesca. Fue él quien construyó un embarcadero rudimentario de troncos que facilitó el acceso al agua. Luego, reparó cercas, enseñó a cavar zanjas para evitar que las lluvias destruyeran las huertas. Poco a poco, la comunidad dejó de verlo como un extraño: los niños lo seguían, los ancianos buscaban su consejo. Allí, Iskar por primera vez fue llamado *vecino*.

En las noches, al recostarse en la choza recién levantada, Iskar escuchaba el croar de las ranas y el murmullo del agua golpeando contra el embarcadero que había construido. Cada sonido le recordaba que estaba dejando atrás el hierro y la penumbra de la mina. "Quizás aún pueda vivir sin espada", pensaba, mientras el aroma a humo de leña y pescado asado llenaba el aire.

No fue el único. Con el paso de los días, otros excombatientes comenzaron a llegar a aquel asentamiento remoto. Entre ellos estaba Soryn, un hombre de pasos errantes y mirada perdida, que apenas recordaba para quién había blandido la espada en la guerra. Como Iskar, Soryn había probado sin éxito la vida en el Reino: rechazado en aldeas y talleres, erraba sin destino. Al oír de un refugio junto al lago, siguió el rumor hasta Mirelune.

La comunidad lo recibió con la misma naturalidad con la que acoge el viento una rama caída. Soryn, en silencio, se unió a las tareas de pesca y cuidado de animales. Encontró en Iskar un compañero de fatigas y, aunque no compartían muchas palabras, los dos entendieron que habían dejado de ser soldados y comenzaban, lentamente, a convertirse en algo distinto.

Con los meses, los rumores de otros hombres errantes alcanzaron la orilla del lago. Se decía que vagaban por las colinas, huyendo de las minas de Ardoria y de los canteros y aserraderos de Velhoria. A veces, cuando el viento soplaba desde el sur y agitaba los juncos, Iskar creía escuchar ecos de pasos y voces perdidas entre los árboles. Sabía que no serían los últimos en buscar refugio, y presentía que, tarde o temprano, el Reino recordaría a los que habían escapado de sus registros.

Aquella sensación pesaba como un presagio en los silenciosos amaneceres del lago, cuando la bruma lo cubría todo y el único sonido era el agua rompiendo contra el embarcadero. Parecía que la paz estaba hecha de cristal: hermosa, pero frágil ante el menor golpe del destino.

Esa calma frágil se rompió cuando un grupo de Custodios de la Paz llegó desde Velhoria. No venían a dialogar, sino a ejecutar una orden no escrita: "capturar a los que habían desaparecido de las minas". Para los Custodios, no había nombres ni historias individuales; solo un mismo sello: fugitivos.

Actuaron sin informar a Roderic ni al Consejo, temiendo que la paciencia del Reino ante excombatientes fuese vista como debilidad. Su irrupción fue torpe: gritos, espadas desenvainadas, amenazas.

La comunidad, desarmada pero unida, formó un muro humano. Nadie retrocedió. Ante el silencio y la firmeza de los pobladores, los Custodios no se atrevieron a usar la fuerza. Se retiraron con vergüenza y elevaron después el informe a Roderic, intentando ocultar su falta de tacto.

La noticia, sin embargo, viajó más rápido que sus caballos. Los rumores de un poblado que había resistido sin armas llegaron a oídos de mercaderes, jueces y consejeros. Cuando finalmente alcanzaron la corte, Árgenor supo que no era un incidente menor, sino la punta de un problema que podría rebasar los bordes del Reino.

Árgenor, comprendiendo la gravedad del asunto, convocó al Consejo. No solo asistieron nobles y comandantes: los Portadores de las Voces —Zenón, Epicuro, Séneca, Diógenes, Areta, Hipatía e Hiparquía— ocuparon sus asientos en el Salón de los Ecos. El debate fue áspero:

Séneca habló primero:

—La justicia no debe ceder a la ira ni al miedo. Un Reino que promete integración y luego abandona a sus hijos en la miseria, ¿qué virtud puede reclamar?

Luego Zenón, con la calma de la piedra:

—Pero si cada fugitivo funda su propio asentamiento, ¿qué quedará de la ley? La armonía del todo depende de límites claros.

Epicuro sonrió suavemente:

—La paz del espíritu nace donde no hay temor. ¿Acaso el Reino teme a unos cuantos campesinos que solo piden reposo y pan?

Diógenes, descalzo y apoyado en su cayado, lanzó su frase:

—¡Hipócritas! Os preocupa más el derecho a la tierra que el hombre que la habita. Mientras discutís, alguien allí aprende a vivir sin cadenas.

Un murmullo recorrió la sala. Algunos rostros se endurecieron, otros evitaron cruzar miradas, y el silencio se espesó como niebla baja, inmovilizando por un instante las voces, hasta que Areta, sin hacer caso a la provocación, lo rompió con calma:

—La virtud se prueba en lo difícil. Si la ley calla ante este caso, el deber es llenarla con compasión y templanza, no con hierro.

Hiparquía cruzó los brazos:

—No hay justicia mientras unos hombres dicten dónde pueden otros respirar. Si la guerra rompió sus lazos, no es el excombatiente el que ha fallado, sino el Reino que no supo abrazarlo.

Hipatía, con voz serena, añadió:

—Pero la razón debe guiar la piedad. Dejar comunidades autónomas sin orden puede fragmentar la tierra, y la fragmentación también trae dolor.

El debate se prolongó hasta entrada la noche. Roderic, comandante del Ejército de las Cuatro Torres, escuchaba en silencio. Cuando habló, lo hizo con firmeza:

—Hay muchos como él. Algunos trabajan la tierra, otros vagan sin rumbo. Si la guerra los trajo aquí, el Reino debe encontrarles lugar. Si no, volverán las espadas.

Árgenor sabía que no podía permitir que la justicia se convirtiera en fuerza ciega ni que el Reino se debilitara. La cuestión ya no era solo Iskar, sino decenas, quizás cientos, de hombres perdidos entre la promesa de integración y la dureza del rechazo.

La decisión aún no estaba tomada, pero aquel día, bajo los faros del Consejo y las voces de los sabios, nació la idea de una solución distinta: una que no destruyera la comunidad ni dejara a los excombatientes sin destino.

Mientras el Consejo se disolvía en murmullos y antorchas apagadas, Hipatía susurró para sí misma: "Donde el Reino no da techo, la libertad construye chozas… y esas chozas, si no se entienden, mañana serán murallas." Nadie la oyó, pero sus palabras quedaron flotando en el Salón de los Ecos, como un presagio que ni el Rey ni sus sabios podrían ignorar por mucho tiempo.

La discusión del Consejo dejó un eco persistente en el ánimo del Rey Árgenor. El Reino había ofrecido integración, pero en los márgenes de sus torres crecían grietas invisibles: hombres que habían entregado la espada y recibido solo silencio.

Para comprender la raíz del problema, Árgenor decidió viajar sin corte ni escoltas de gala. Solo lo acompañaron dos jinetes de confianza y algunos soldados del destacamento de Velhoria. Recorrieron caminos de polvo hasta llegar a Ardoria, tierra de piedra y hierro donde muchos excombatientes habían sido enviados a trabajar en las minas.

Allí vio con sus propios ojos la verdad que los informes del Consejo apenas insinuaban: hombres de espaldas encorvadas, con los brazos aún fuertes pero la mirada apagada. No eran delincuentes ni traidores, solo forasteros sin raíces, cuya única paga era la fatiga. Algunos habían logrado alquilar una pieza en las aldeas cercanas, otros dormían bajo cobertizos improvisados. Había nobleza en su resistencia, pero también desesperanza.

Antes de regresar, Árgenor tomó un desvío hacia el norte, adentrándose en las Montañas Suaves. Allí encontró a su viejo amigo Fravién, ahora al frente de los canteros que abastecían de piedra a medio Reino. Tras un abrazo silencioso, caminaron juntos por los senderos polvorientos. Fravién le mostró que en los canteros se repetía la misma historia que había visto en las minas: hombres que habían servido en la guerra y que ahora, sin tierra ni nombre, sobrevivían solo con su fuerza.

—Árgenor —dijo Fravién, mientras observaban la cantera hundida en la luz del crepúsculo—, estos hombres aún saben empuñar la espada. Si el Reino no les da un sitio, la guerra volverá a buscarlos. Habla con Roderic: el ejército puede devolverles propósito y hogar.

El consejo quedó grabado en la mente del rey mientras descendía por el valle bordeando el arroyo Arvendiel. Allí, junto a un molino restaurado, funcionaba uno de los Hogares de Amparo. Árgenor detuvo su paso para ver cómo voluntarios y maestras enseñaban a mujeres rescatadas y a niñas que jugaban en el patio, libres de cadenas invisibles. El rey comprendió entonces que la justicia no se decreta: se construye día a día, con manos que curan las heridas del pasado.

En el molino vivía Solmir, hijo menor de Fravién, apenas mayor de edad pero con un espíritu maduro. Por las tardes enseñaba a leer y a jugar al ajedrez a campesinos y niñas del Hogar. Árgenor, intrigado por su fama, aceptó sentarse frente a su tablero de madera gastada.

La partida comenzó lenta, con una apertura clásica, y transcurrió con la calma propia de dos hombres que necesitaban una pausa en sus obligaciones. Tras varios cambios de piezas, el tablero fue despejándose y se llegó a un final que parecía equilibrado... hasta que Solmir, en un momento inesperado, sacrificó un caballo en e5. Árgenor frunció el ceño: parecía un error, pero aquel movimiento liberó un peón que avanzó sin freno hasta coronar.

—A veces el camino recto solo lleva a un muro —dijo Solmir con calma—. Hay que saltar fuera del sendero para encontrar paso.

El rey permaneció en silencio largo rato, mirando las piezas. Cuando habló, su voz sonó más para sí mismo que para su joven oponente:

—El salto del caballo nos enseña que la dirección más profunda no siempre es la más directa. El Reino también debe aprender a moverse así.

Solmir asintió, como si ya supiera la respuesta, aunque no alcanzara del todo a imaginar a qué destino diferente se refería el Rey con aquellas palabras.

Esa noche, a la luz de un candil en la habitación del molino, Árgenor comenzó a trazar las primeras líneas de un plan. Si el Reino no podía dar tierra y pertenencia a los hombres que la guerra había dejado errantes, quizás otro pueblo pudiera hacerlo. Al otro lado de las Montañas Doradas, el Reino de Dorvalia sufría sequía y hambre; sus campos pedían manos fuertes, sus canales clamaban por constructores.

El plan, sin embargo, tenía un segundo pilar: ofrecer a quienes aún guardaban vigor y disciplina la posibilidad de unirse al Ejército de las Cuatro Torres. Roderic había advertido que no sería sencillo; integrar antiguos combatientes que en el pasado habían empuñado armas contra el propio Reino podía generar desconfianza entre los soldados. Pero también sabía que la cohesión de un ejército no nace de la sangre, sino del ejemplo.

—Podría haber roces, incluso enfrentamientos —admitió Roderic cuando escuchó la propuesta—. Pero un liderazgo firme y justo sabrá apagar cualquier chispa. Muchos de estos hombres solo necesitan volver a sentirse útiles. Bajo un mismo estandarte, la guerra que los separó puede volverse puente de unidad.

En consecuencia, Árgenor y Roderic se reunieron con los capitanes en Campo del Fénix. La propuesta de integrar a algunos excombatientes al Ejército dividía opiniones: Cedric advertía que los viejos rencores podían fracturar la disciplina; Argán temía que los soldados veteranos no aceptaran a hombres que alguna vez habían blandido la espada del enemigo.

Roderic escuchó en silencio y luego habló con la firmeza de un hombre que había visto demasiadas guerras para temer a fantasmas:

—Un ejército que olvida perdonar pelea solo por miedo. Si un hombre quiere servir al Reino y se muestra digno, será soldado. Y si no lo hace, entonces no lo será; porque quien no ama la tierra que habita, inevitablemente buscará el destierro por voluntad propia.

La firmeza de Roderic cerró la discusión. Cedric y Argán, aunque aún prudentes, no insistieron más. Árgenor supo entonces que el paso estaba dado: algunos se incorporarían al Ejército de las Cuatro Torres bajo el mando directo de Roderic, quien se encargaría de forjar disciplina y confianza, evitando que viejas heridas dividieran las filas; otros partirían hacia Dorvalia junto a Roderic y varios de sus capitanes —Haldor, Argán, Cedric y los gemelos Elión y Calión—, para trabajar la tierra y levantar canales, llevando con ellos no solo provisiones, sino también la esperanza de un nuevo comienzo.

Antes de emprender la marcha hacia Dorvalia, Árgenor viajó hacia el sur, donde los Montes Grises descienden hasta besar las aguas del Lago Mirelune. Allí, en claros ocultos entre pinos y encinas, vivía la comunidad que había dado refugio a Iskar. No eran criminales ni rebeldes; simplemente habían encontrado en ese rincón del Reino un modo de vida que las torres y tributos no alcanzaban a comprender.

Árgenor llegó sin escoltas visibles, acompañado solo por Roderic y un par de hombres de confianza. Fue recibido con cautela: la comunidad había oído de custodios y advertencias, de órdenes que pendían sobre sus cabezas. Sin embargo, el rey no llevó cadenas ni decretos, sino palabras.

Reunidos junto al lago, con el viento moviendo los juncos, escuchó sus razones: deseaban vivir en armonía con la naturaleza, sin plegarse a los mercados ni a la ley de las torres; no buscaban expandirse ni desafiar al Reino, solo permanecer al margen de sus normas. Árgenor comprendía su deseo, pero también sabía que permitir un enclave independiente dentro del territorio era abrir una herida que otros podrían imitar.

Con voz serena, les habló:

—No puedo permitir que dentro del Reino crezcan tierras donde la ley no alcanza. Sería injusto para quienes cumplen tributos, para los campesinos que siembran bajo la protección de nuestras torres. Pero tampoco deseo arrancaros de la vida que habéis elegido.

Árgenor les propuso entonces un camino que no rompiera su libertad ni la justicia del Reino:

— Quien desee permanecer junto al Lago Mirelune podrá hacerlo, pero deberá reconocer la ley del Reino, tributar como cualquier campesino y acatar los juicios del Consejo.

— Quien, en cambio, ansíe libertad plena, más allá de decretos y tributos, tendrá un sendero abierto al otro lado de los Picos de Velhoria, donde viven comunidades semejantes en Elarindor, Elthora y Arvenia, tierras sin reyes ni fronteras.

Para mostrar que hablaba en serio, Árgenor los acompañó personalmente hasta el Monte Estelar. Allí, en la cabaña Estrella Baja, los esperaba Grecco, su viejo amigo, un baquiano del lugar que conocía los pasos y las rutas secretas que cruzaban las montañas. Con su guía, los hombres y mujeres que eligieron marchar pudieron atravesar valles y la espesura del monte, hallando nuevos asentamientos donde su modo de vida sería respetado.

Iskar fue uno de los primeros en dar el paso. Al despedirse, miró a Árgenor con una mezcla de gratitud y desarraigo:

—No vine buscando libertad, sino un lugar al que pertenecer. Aquí no lo hallé. Quizá lo encuentre más allá de las montañas.

Otros, en cambio, decidieron quedarse, aceptar la ley del Reino y tributar en tierras de Velhoria y Nareth, cerca del lago que ya consideraban hogar. Árgenor los recibió como ciudadanos, con la condición de que sus tierras quedaran registradas y sus límites claros.

Cuando el rey emprendió el regreso a Orfrán, comprendió que la justicia no siempre se impone con espadas ni decretos. A veces consiste en abrir caminos invisibles, permitir que cada hombre encuentre su propia senda hacia la pertenencia. Mientras los ecos del lago se apagaban tras él, Árgenor sintió que, por primera vez en mucho tiempo, el Reino había dado un paso sin arrastrar cadenas ni dejar heridas abiertas.

Con ese conflicto resuelto, las torres del Reino se prepararon para una nueva empresa: la marcha hacia Dorvalia. Un ejército no para conquistar, sino para sembrar agua y futuro en campos ajenos, y quizá, en el mismo gesto, cerrar para siempre las heridas de soldados en desamparo tras la última guerra.

Con las tensiones del Lago Mirelune resueltas y la comunidad encaminada hacia un destino claro, Árgenor comprendió que la paz del Reino de las Cuatro Torres no se sostenía solo reparando grietas internas. Si un pueblo vecino se veía forzado a luchar por pan y agua, la guerra terminaría golpeando nuevamente las puertas del Reino.

Convocó entonces a los suyos para una empresa distinta a la guerra: una expedición de ayuda al reino de Dorvalia. Las noticias eran graves. Más allá de las Montañas Doradas, los campos de Dámeric, rey de Dorvalia, se agrietaban bajo una sequía implacable. Los ríos se habían reducido a hilos de agua, y la hierba había desaparecido de los prados.

No envió un ejército de conquista, sino una fuerza de socorro: hombres de confianza como Haldor, Argán, Cedric, los gemelos Elión y Calión, y un grupo de excombatientes que aún no encontraban su lugar en el Reino. Entre ellos marchó Soryn, con la esperanza de que en aquellas tierras pudiera comenzar de nuevo.

Atravesaron pasos pedregosos y ríos fríos hasta llegar a los llanos de Dorvalia, donde Dámeric los recibió con la solemnidad de un rey que aún conservaba dignidad en medio de la desgracia. Les mostró la Casa del Alivio, un edificio de piedra clara y techos de madera oscura, donde sanadores y curanderos atendían no solo cuerpos enfermos, sino también almas inquietas.

Allí, la convalecencia no se medía únicamente en ungüentos o bálsamos. Hipócrates, sabio mayor, cuyo nombre estaba grabado en un pilar del claustro, solía decir:

—Hay dolores que no se apaciguan con hierbas ni bálsamos, sino con la firme lentitud de un pensamiento ordenado.

Por eso, junto a las camas y los pasillos en penumbra, había tableros de ajedrez tallados en mármol oscuro y piedra blanca. Las piezas, gastadas por el roce de muchas manos, se movían lentamente bajo la mirada de pacientes que buscaban serenidad en el trazado de líneas y estrategias. En ese juego meditativo, los enfermos encontraban sosiego, y la mente herida hallaba caminos invisibles hacia la calma.

El rey dorvalio, con recelo, preguntó a Árgenor qué precio pedía a cambio de tanta ayuda.

El monarca de las Cuatro Torres respondió con voz firme:

—Nada os pido, salvo esto: que aquellos hombres que han dejado sus espadas y ayudado a levantar acequias, quienes encuentren aquí la paz que en mi Reino no lograron hallar, puedan quedarse como ciudadanos vuestros.

Dámeric aceptó. Durante semanas, soldados y exmercenarios cavaron canales, desviaron ríos desde la falda de las Montañas Doradas, construyeron compuertas de madera y piedra. El trabajo fue arduo, pero distinto al de las minas: era una labor que daba vida, no muerte.

Soryn, con las manos agrietadas y la piel curtida por el sol, sintió por primera vez que no era un invasor ni un forastero: era un hombre necesario. Al concluir la obra, las aguas comenzaron a fluir y los campos resecos dieron su primer verde tenue.

Muchos regresaron con Árgenor a las Cuatro Torres; otros, como Soryn, eligieron quedarse. Allí, junto a un río recién nacido, se formaron aldeas nuevas donde el pasado de guerra no pesaba. Árgenor, al partir, recordó aquella partida de ajedrez con Solmir y dijo para sí:

"No se gobierna solo con leyes ni espadas. A veces, lo justo es dejar que el hombre encuentre en otra tierra lo que no pudo hallar en la propia."

La expedición regresó al Reino no con trofeos ni conquistas, sino con un pacto silencioso de paz y con la certeza de que, en la lucha por la supervivencia, la solidaridad podía ser un muro más fuerte que cualquier torre.

Cuando la caravana de Árgenor cruzó los Montes Dorados de regreso, el silencio del Reino lo sorprendió. No había revueltas ni rumores de violencia. Los custodios de la paz reportaban calma en las aldeas y, hasta en las minas de Ardoria, el trabajo fluía sin tensiones.

Los conflictos que semanas atrás parecían grietas irreparables se disolvían como neblina al sol. Los excombatientes que permanecieron en las Cuatro Torres hallaron nuevos oficios: algunos fueron acogidos por gremios de artesanos; otros se convirtieron en guardabosques de Velhoria, aprendiendo a sanar la tierra que antes destruyeron.

La comunidad del Lago Mirelune había tomado su decisión: parte de sus miembros migraron hacia las comunidades libres más allá de los Picos de Velhoria, guiados por Grecco; quienes eligieron quedarse aceptaron las leyes y tributos del Reino, sembrando convivencia donde antes había recelo.

En Dorvalia, Soryn y otros de la expedición permanecieron levantando aldeas en torno a los ríos renacidos. Al principio, solo ayudaba en las tareas de construcción y cuidado de los recién llegados, pero poco a poco comenzó a interesarse por la orden de sanadores dorvalios.

Su curiosidad lo llevó a permanecer más tiempo junto a ellos, escuchando, observando y aprendiendo con humildad. Con los años, se volvió un aprendiz atento, hasta convertirse en sanador de la Casa del Alivio, capaz de cuidar cuerpos y apaciguar espíritus heridos. Años después, su nombre cruzó nuevamente las montañas, no como enemigo, sino como un susurro de gratitud: la gratitud de un hombre que halló paz sirviendo a otros, llevando compasión donde antes hubo hierro.

Parecía que el Reino había alcanzado una calma anhelada. Pero la paz verdadera no era simple ausencia de conflicto; era un cambio más profundo, difícil de ver.

Los sabios del Consejo la llamaron *equilibrio invisible*, ese estado en que los hilos de la discordia aún existen, pero se tensan sin romperse.

Los campesinos decían que "la tierra volvió a respirar". Los soldados murmuraban que "las espadas dormían mejor en sus vainas".

Una tarde, desde la terraza más alta del Castillo de las Cuatro Torres, Árgenor vio el sol descender sobre las llanuras del Alba, tiñendo de cobre los Montes Grises. Allí, con el viento del ocaso en el rostro, pensó:

"No es la victoria lo que sostiene un Reino, sino la paz que los hombres aceptan cuando encuentran un lugar al que realmente pertenecen."

Ese sentido de pertenencia no solo trajo calma y quietud; fue también el sello de un tiempo que los cronistas llamarían *Los Años Dorados*, cuando las torres del Reino alzaban no solo banderas de poder, sino faroles de entendimiento y compasión.

Capítulo XVII – Los Años Dorados

Hubo un tiempo en que el Reino de las Cuatro Torres conoció la armonía, donde el clima generoso bendecía los campos con cosechas abundantes y las minas devolvían metales nobles al trabajo humano. Las caravanas del este, los navíos del sur y los comerciantes de regiones remotas hallaban refugio y destino en los mercados del reino, donde las monedas tintineaban con alegría, y aún más valioso: donde el intercambio a menudo se sellaba con un gesto desinteresado, una sonrisa franca, o un pan compartido sin precio.

Las plazas estaban llenas de música, de juegos, de aprendizajes. En las tardes templadas, los niños corrían entre los puestos del puerto y las acequias de las huertas, y los ancianos enseñaban con paciencia desde los umbrales de sus hogares. Los rostros no llevaban el cansancio de la guerra ni la sombra del hambre, sino la dignidad serena de quienes han sabido tejer comunidad.

En esa época de tranquilidad, sobre las suaves ondulaciones de las Llanuras del Alba, se alzaba la casa de Roderic y Sybilla. Allí nacieron Árnor y Selric.

El primero llegó una madrugada templada, cuando la lluvia caía con ese ritmo paciente que parece querer quedarse. Roderic lo sostuvo por primera vez en brazos con una expresión que oscilaba entre el asombro y la quietud. Lo llamaron Árnor, en honor a su padre, Árgenor, pero también por la resonancia del nombre de Argán, su compañero de campañas y hermano de causa, con quien había compartido los años más crudos del norte y los días fundacionales del reino. A veces los nombres no son sólo recordatorios: son raíces extendidas en el porvenir.

Sybilla, aún tendida entre sábanas tibias, le sonrió con ternura exhausta.

—Tiene la calma de tu padre —dijo—. Y esa mirada tuya… como si ya comprendiera lo que aún no ha llegado.

Un par de inviernos después nació el segundo. Fue bajo la luna, con el perfume tenue del laurel dulce y los manzanos nuevos, aún pequeños, aún frágiles. Lo llamaron Selric. Su nombre recogía la **S** de Sybilla, su madre, de la sabia Syrella, su abuela materna, y también de Severyna, madre de Roderic. Tres mujeres distintas, unidas en carácter, fortaleza y amor. Pero también evocaba, como un eco íntimo, la lealtad de Cedric, capitán y confidente de Roderic desde los días en que ambos aprendieron que la justicia se gana más con el ejemplo que con la espada.

En los primeros años, Árnor y Selric no sabían aún de espadas ni de reinos. Su mundo era más pequeño, más tibio: cabía entre los brazos de su madre, el regazo de su abuela Severyna, o la sombra de los árboles del huerto.

Crecieron entre el canto de las aves del este, el perfume tibio de la tierra mojada al amanecer, y el susurro de las hojas nuevas cuando el viento las acariciaba por primera vez. Había en el aire una fragancia vegetal, mezcla de manzanos tiernos, brotes de tilo y cortezas húmedas. Y entre todo eso, la risa fácil de quien todavía no ha aprendido el peso de las decisiones, ni ha sentido que el mundo, alguna vez, exige más de lo que uno sabe dar.

Roderic, su padre, los observaba a menudo desde el marco de una puerta, ya vestido para el deber, con la expresión de quien parte antes de tiempo. Tocaba con los dedos la frente de cada uno, murmuraba alguna bendición breve, y se marchaba entre pasos que no hacían ruido. A veces no volvía en días. Otras, se quedaba unas horas y dejaba a medio abrir una carta del Consejo sobre la mesa. Su amor no se medía en tiempo, sino en gestos silenciosos, en la forma en que reparaba en los detalles: las primeras palabras, los primeros dibujos torpes, los dientes que faltaban.

Mientras él atendía los asuntos del reino, Sybilla se ocupaba de lo esencial. Les enseñó a distinguir los colores del atardecer, a no pisar las flores nuevas, a preguntar antes de romper el silencio. Cuando necesitaba descanso o se perdía en sus acuarelas, dejaba a los niños al cuidado de los suyos.

A veces quedaban con Fravién, el abuelo materno, que solía contarles historias extrañas sobre tiempos anteriores al reino, con criaturas que sólo vivían en la imaginación de los abuelos. Syrella, en cambio, les cantaba y les hablaba como si fueran ya hombres, pero sin perder nunca el tono suave de quien ha criado a muchos.

En otras tardes, los recibía Gavién, el más jovial de los tíos paternos, que los llevaba a explorar las zanjas nuevas y los rincones de la casa aún sin habitar. Solmir, más callado, les enseñaba a mirar el mundo con atención, a encontrar huellas pequeñas en la tierra húmeda. Y cuando los visitaba su tía Valiréa, con su voz de campana y olor a pergamino, el día se convertía en una especie de juego con mapas y secretos.

Pasaron los primeros años bajo muchas miradas, rodeados de un amor disperso, a ratos intermitente, pero siempre verdadero. Como el sol filtrado entre ramas: no lo iluminaba todo a la vez, pero nunca dejaba de estar. El Rey Árgenor, su abuelo paterno, pasaba muy de vez en cuando, siempre en visita breve. Les traía algún presente sin envoltorio, les dejaba una bendición antigua, una palabra solemne. Luego volvía a sus deberes, como un gigante ocupado.

Nadie tenía demasiado tiempo, pero todos dejaron algo. Y la casa del amanecer, en medio de todo eso, fue acumulando memorias. Pequeñas, sí. Pero firmes, como raíces que aún no han salido a la luz.

En las ocasiones en que quedaban al cuidado de su abuela Syrella, ella los recibía en su cocina con el delantal floreado y los brazos abiertos, como si el día comenzara cuando ellos llegaban. Les daba trozos de masa tibia, suave, para que moldearan a su antojo. Árnor, siempre meticuloso, intentaba esculpir figuras precisas; Selric, con una risa que llenaba el aire como campanas, inventaba animales imposibles y formas sin nombre. Pronto, la harina lo cubría todo: la mesa, los bancos, las manos, la ropa, las mejillas. Syrella los miraba con un falso reproche, antes de mandarlos al agua como quien despide, entre risas, a dos soldados de una gran batalla blanca.

En el estanque templado del jardín, los hermanos chapoteaban entre risas, enjuagando la harina mientras jugaban con un caballito dorado de madera, algo desgastado por el tiempo pero firme como una promesa. Selric se aferraba a él como a un corcel de epopeyas, mientras Árnor, aún con gotitas de harina en el cuello, lo ayudaba a impulsarlo sobre el agua. Selric murmuraba cosas que solo él comprendía, palabras suaves, a medio formar, que parecían parte de un idioma secreto. Árnor escuchaba con paciencia y traducía:

—Dice que este caballo puede volar.

Y entonces, bajo el cielo claro de aquella infancia, se zambullían juntos, empujando con los brazos abiertos, creyendo —y quién sabe si no era cierto— que aquel juguete tallado de noble brillo podía volar.

Como colofón de aquella época dorada, el Castillo de las Cuatro Torres fue finalmente concluido. La piedra blanca relucía al sol como promesa y testimonio.

Allí, en su patio mayor, se celebró el Primer Torneo de la Fusta Solar, donde los jóvenes caballeros del reino competían no solo en destreza sino en honor. Árnor y Selric, aún niños, lo presenciaban embelesados desde lo alto de una de las torres, acompañados por su tío Gavién, quien les explicaba con pasión cada movimiento de lanza y de escudo.

—Mirá, Árnor… ¿ves cómo baja la punta justo antes de impactar? —decía Gavién, señalando con entusiasmo—. No es fuerza bruta, es cálculo, es ritmo. Como en una danza.

Árnor asentía serio, mientras Selric imitaba con una ramita los gestos de los caballeros. Gavién les sonreía, cómplice, y les prometía que cuando fueran más grandes, él mismo los entrenaría en el arte de la justa.

Pero no todos los aprendizajes venían de armas ni de torneos. En los márgenes apacibles de Telmar, junto a los arroyos Efrin y Lavel, era Árgenor quien tomaba la posta. Allí, en la quietud entre sauces y piedras, les enseñaba a pescar. El anciano sostenía la caña con la firmeza paciente de quien no pretende dominar la corriente, sino escucharla. Cada movimiento suyo parecía parte de un rito más antiguo que las guerras, más sabio que los libros.

—La Trucha no llega con apuro —decía—. Hay que esperarla como a una buena palabra: con calma y con respeto.

Árnor escuchaba fascinado; Selric reía cuando los peces escapaban y salpicaban el agua. A veces no pescaban nada, pero Árgenor insistía en que el silencio del río era más valioso que cualquier trofeo.

Ya un poco más grandes, acompañaban a su abuelo Fravién en sus recorridas. Él era un rostro habitual en las colinas de Ardoria, donde cada semana subía con una carreta llena de pan horneado en los hornos comunales. Árnor y Selric lo acompañaban de vez en cuando, aprendiendo a saludar a cada familia por su nombre, a llevar las bolsas de trigo con respeto y a aceptar una taza de leche o una flor como pago suficiente.

—Lo importante —decía Fravién mientras miraba el valle— no es cuántos lo reciben, sino que siempre haya uno más al que lleguemos.

Pero el tiempo no se detenía. Y como quien apenas lo advierte, los días se volvieron más largos, las preguntas más complejas. Ya no bastaban las historias ni los juegos. Roderic, comandante general del reino, lo comprendió con la claridad de quien ha estado en demasiadas campañas: la infancia era un don breve. Por eso, al cumplir los seis, ordenó que Árnor y Selric comenzaran su formación, no para la guerra, sino para la templanza.

Los campos de instrucción no estaban lejos, apenas al otro lado de la colina que protegía la casa. Iban por las mañanas, cuando el rocío aún persistía sobre la hierba. Syrella los seguía con paso firme, ya mayor, hasta los sauces que bordeaban el claro de prácticas. Se sentaba en un banco de piedra, sin intervenir, sin juzgar.

Sus ojos seguían cada intento torpe, cada caída, cada nuevo esfuerzo. No hablaba mucho, pero su sola presencia bastaba. Era como una sombra de abrigo, un hilo invisible que anudaba aquel presente al tiempo remoto de los que los habían criado con manos pacientes.

Allí, Argán les enseñaba a tomar el arco por primera vez, a tensarlo sin apuro, a sentir el peso de la cuerda antes de soltar. También los acompañaba en sus primeros intentos de montar a caballo, guiando al animal con voz baja mientras los niños se acostumbraban al vaivén inestable. Cedric, por su parte, corregía la postura en los enfrentamientos con espadas de madera, marcando con paciencia la importancia del equilibrio y del paso firme.

A veces se caían del caballo, otras, sus flechas perdían el blanco por mucho. En los cruces de práctica, los golpes mal dados se convertían en moretones o en frustración. Pero nunca abandonaban del todo, porque sabían que ella estaba allí. Bastaba con alzar la vista y encontrar su mirada serena, para volver a intentarlo una vez más.

Así pasaban los días para ellos, entre aprendizajes y juegos, bajo la mirada atenta de quienes los amaban.

Y así también transcurría el tiempo en el reino entero: con siembras generosas, mañanas claras y tardes colmadas de historias. Cada rincón del Reino parecía respirar esperanza. Había paz, y había gratitud.

Nadie lo sabía aún, pero aquellos instantes quedarían grabados como el oro más puro de la memoria. Porque el tiempo, fiel a su ley, traería pruebas. Pero también, en esa luz primera, dejaría impreso el mapa del amor que habría de guiar a quienes sobrevivieran.

Fue en esos días dorados, cuando el reino fue feliz... y no lo supo.

Era un tiempo en que las estaciones cumplían su promesa, la tierra ofrecía su fruto sin resistencia, y las mesas estaban llenas —de pan, de risas, de presencia. Los hogares compartían el fuego sin celos; los vecinos, más que bienes, intercambiaban palabras y cuidados. En cada rostro se adivinaba el gesto simple de quien da sin pesar.

Los abuelos contaban historias junto al fogón, los niños corrían por las plazas con el cabello al viento, y los mercados eran una sinfonía de acentos, colores y oficios.

Nadie faltaba. Nadie sabía que algo podía faltar.

Porque entonces, sin saberlo, habitaba en ellos el corazón mismo de la paz.

Canto a los Años Dorados
(Poema hallado en el Diario Personal de Sybilla)

Hubo un tiempo sin relojes,
donde el sol marcaba el pan,
y la mesa era promesa
de que nadie podía faltar.

Hubo un tiempo sin urgencias,
ni banderas que alzar,
donde un juego era victoria
y el amor, el único afán.

Los abuelos eran faros,
los hermanos, capital,
y un caballo de madera,
el cielo podía tocar.

Ese tiempo no hizo ruido,
no pidió eternidad.
Pasó leve… como el alba
que no vuelve a despertar.

Capítulo XVIII – La Oscuridad cubre al Reino

El año había sido una prueba de resistencia. El verano, abrasador como pocas veces se recordaba, había caído sobre los campos con un sol que rajaba la tierra y sorbía la humedad de los canales hasta dejarlos convertidos en cauces polvorientos. Los sembradíos resistieron como pudieron, y el otoño, lejos de dar respiro, pasó fugaz, con lluvias escasas y vientos secos que terminaron por quebrar las últimas espigas.

Entonces, sin aviso ni transición, el invierno se abatió sobre la tierra. No cayó como un manto suave, sino con severidad implacable. Las primeras heladas tomaron desprevenidos los campos y, lejos de ceder con los días, se intensificaron. La tierra, endurecida por la sequía y ahora congelada, se negó a parir fruto. El viento del norte silbaba entre las ramas desnudas, como si ensayara un lamento que aún no se animaba a pronunciar.

Y en aquel frío sin tregua, cuando las fuerzas ya flaqueaban y los cuerpos se volvían más frágiles, un mal distinto comenzó a insinuarse: primero como un susurro en las aldeas lejanas, luego como un rumor que avanzaba con pasos invisibles hacia el corazón del reino.

Roderic respondió con la rapidez de quien ya ha enfrentado la guerra: activó reservas, envió ayuda a los pueblos más alejados, reorganizó los censos de provisiones. Pero la escarcha era más tenaz que cualquier estrategia. No había cálculo posible cuando la naturaleza misma se volvía muro.

Entonces comenzaron a llegar. Primero, unas pocas familias. Luego, decenas. Después, centenares. Hombres y mujeres con las manos endurecidas por la siembra, con los pies rajados por la marcha, y con niños dormidos en sus espaldas o colgados de sus brazos. Abandonaban sus cultivos muertos, sus casas cerradas con sogas cruzadas, y acudían a Orfrán como última esperanza.

Los márgenes de la región se llenaron de chozas improvisadas, de mantas extendidas entre ramas, de fuegos humildes que peleaban por no extinguirse. Los salones públicos rebosaban de cuerpos y alientos entrecortados, como si el aire mismo dudara en quedarse. El hambre no tardó en mostrarse, y con ella, la fiebre.

Comenzaron los temblores. Los primeros en caer fueron los niños. Pequeños cuerpos vencidos por una fiebre oscura que ningún bálsamo lograba calmar. El aliento se volvía corto, la piel ceniza. Algunos morían en brazos de sus madres. Otros, sin testigo alguno.

Fravién no se encerró. Mientras muchos sellaban puertas y ventanas, él salió. Caminó entre los enfermos, organizó la distribución de lo poco que quedaba. No buscó aplausos ni esperanzas. Su deber era simple: estar. A su lado, Syrella y Gavién compartieron el barro, las lágrimas, la sopa caliente cuando la había, y el canto bajo cuando no.

Con la ayuda de los custodios y de algunos jóvenes resistentes, se levantaron hornos en las plazas abiertas. Allí, en el corazón del frío y la muerte, el pan volvió a ser símbolo. Un pedazo repartido sin preguntar nombres, una hogaza en manos de quien apenas podía sostenerla. Entre la desesperación, ese acto sencillo fue el último gesto de humanidad.

Y un día, también ellos sucumbieron.

Fravién fue el primero en caer. Siguió repartiendo pan hasta que no pudo levantarse. Syrella lo cuidó como se cuida a un niño, entre rezos y caricias. Gavién, ya enfermo, les habló con voz firme:

—No somos mártires. Solo hicimos lo que cualquiera debió hacer.

Mientras tanto, en el resto del reino, la fiebre se extendía como el miedo: rápida, invisible, despiadada. Nadie sabía su nombre, pero todos empezaban a reconocer su firma. Primero, una tos seca. Luego, la fatiga. Después, los ojos opacos. La fiebre que subía sin tregua, y un cansancio que ya no era del cuerpo, sino del alma. Los sabios hablaban en voz baja. Los sanadores, agotados, repetían fórmulas que ya no creían. Ni ungüentos ni sangrías. Ni plegarias. El mal parecía burlarse de todo intento de contención.

La primera ciudad en ser golpeada de lleno fue Nareth, la portuaria por excelencia. Se sospechaba que algún navío había traído la semilla invisible del desastre. Los casos crecieron con rapidez descomunal, y el pánico se volvió norma. En apenas unos días, se cerraron los accesos marítimos, se detuvo el comercio y se ordenó el aislamiento total. Varios nobles, aterrados, huyeron hacia las zonas rurales, dejando atrás a sus sirvientes y al pueblo que los había sostenido. Algunos creían así escapar al contagio. Solo lograron sembrar más desconfianza.

El Consejo Real se reunió de urgencia. Las voces eran graves, y el aire, denso. Se dictaron los primeros edictos: limpiar las casas con aguas hervidas y vinagre, quemar los trapos de los enfermos, cerrar los mercados y las ferias, suspender oficios y celebraciones públicas, lavarse las manos con ceniza al entrar en los hogares, mantener distancia incluso entre familiares. Las casas comunales y cobertizos se convirtieron en centros de atención improvisados. El pueblo obedecía, pero con angustia. Cada norma era un recordatorio de que lo conocido comenzaba a deshacerse.

Luego, la decisión más dura: cerrar las fronteras. Aislar al reino para conservar lo que aún podía salvarse. El Rey Árgenor, ya con la fiebre latente sin saberlo, firmó el decreto con mano firme. Las puertas del reino fueron selladas. Los caminos, patrullados. A quienes presentaran síntomas —por leves que fueran— se los separaba de inmediato. Se levantaron campamentos de aislamiento en las afueras de las ciudades, rodeados de telas y humo. Familias enteras eran divididas. Niños arrancados de los brazos de sus madres, esposos que se despedían sin palabras, ancianos conducidos a la intemperie sin entender por qué.

No era crueldad. Era desesperación disfrazada de protocolo.

Las ciudades se sumieron en un silencio extraño. Las campanas callaron. Las plazas se apagaron. El tiempo mismo parecía enmudecer. Las casas se convirtieron en templos del miedo, donde cada tos podía significar la pérdida de todo. Y las casas comunales, ahora desbordadas, se habían vuelto salas de corazones en vilo, verdaderas salas de espera del destino.

Entre rumores de luto y plegarias ahogadas, también Árgenor enfermó. Nadie lo anunció. No hubo discursos. Solo un vacío, un sobresalto que se percibía más allá de las murallas. El rey había sido fuerte durante años, pero ahora su mirada temblaba, su voz era corta y su cuerpo sudaba sin descanso. El reino entero contuvo el aliento.

Fue entonces cuando, sin demora ni arrogancia, el anciano rey recordó una promesa antigua.

Sabía de la existencia de la Casa del Alivio en Dorvalia, y de la orden de sanadores que allí trabajaba sin distinción de linaje ni estandarte. Conocía personalmente a Dámeric, su rey, a quien había ayudado años atrás durante una gran sequía. Confió en que aquel gesto no había sido olvidado.

Envió un mensaje directo, sin protocolos innecesarios. Y la respuesta llegó antes de lo esperado. Dorvalia abrió sus puertas sin condiciones. Nadie más lo hizo.

Caravanas silenciosas partieron con los más graves. La travesía fue lenta, delicada. Algunos no llegaron. Otros, apenas respiraban. Pero en la frontera, en aquel santuario de piedra clara que no exigía banderas, el sufrimiento no era vergüenza, sino llamado.

Allí, en la Casa del Alivio, Hipócrates —el sanador mayor— recibió a los enfermos con el ceño calmo. Su modo no era el del curandero que promete, sino el del sabio que escucha. Fravién, Syrella y Gavién fueron alojados con cuidado, sin prisa. En aquel lugar, la fiebre no era enemiga, sino un mensaje que se leía como se lee un antiguo texto. El dolor, allí, no era negado: era comprendido.

Solmir los acompañó en vigilia constante. No hablaba mucho, pero su sola presencia bastaba. Sabía que no podía hacer demasiado. Solo estar. Y en ese estar callado, persistía algo profundo: la certeza de que algunos lazos no se rompen ni siquiera cuando el miedo lo envuelve todo. En sus tardes de espera, jugaba ajedrez con Hipócrates, bajo una lámpara de aceite tenue.

—No todo dolor cede ante hierbas ni bálsamos —decía el sanador, moviendo las piezas con calma—. A veces, la mente necesita hallar su propio ritmo, como un río que vuelve a encontrar cauce.

Las partidas no traían cura, ni ofrecían revelaciones sobre la peste. No eran remedio, ni solución. Y sin embargo, cada movimiento sobre el tablero —cada apertura, cada repliegue, cada sacrificio necesario— obraba un pequeño milagro: ponía en pausa el miedo. Afuera, en los pasillos de piedra, el dolor caminaba con sandalias de trapo. Se oían llantos quedos, pasos arrastrados, respiraciones entrecortadas. Dentro, sobre aquella mesa sencilla, dos mentes trazaban líneas invisibles entre el caos y la cordura.

No era una evasión. Era un refugio. Un rincón donde el espíritu, desgastado por la vigilia, podía sentarse a recomponer sus fuerzas, como quien vuelve a armar, pieza por pieza, un corazón fatigado.

Y cuando el tablero quedaba vacío, cuando la última pieza era abatida o triunfante, ambos se levantaban no como quienes han perdido el tiempo, sino como quienes han tomado aliento para volver a cargar con todo aquel peso.

Mientras tanto en las cuatro torres Árgenor se había encerrado en su habitación, acompañado solo por su sombra donde batallaba contra la fatiga y la fiebre. Durante días no habló ni comió. El reino se preparaba para perderlo.

Pero no todo estaba perdido.

Desde más allá del este, Dorvalia envió sanadores. No traían armaduras, ni emblemas, ni proclamas. Solo llegaban con su saber, con sus ropas sencillas y una calma inquebrantable. Nadie les pidió ayuda. Nadie la pagó. La ofrecieron como quien respira. Entre ellos marchaba Soryn, antaño soldado errante, ahora sanador de la Casa del Alivio.

Traía consigo no solo manos expertas, sino cofres de hierbas cultivadas en los ríos que años atrás había ayudado a renacer: lavanda para calmar la fiebre y los nervios, salvia para purificar la sangre, manzanilla para aliviar los temblores del estómago, ruda para fortalecer el cuerpo debilitado, menta para abrir los pulmones cerrados por la tos, y melisa, suave bálsamo para las almas agobiadas por el miedo. Con ellos llegaron las primeras sonrisas en semanas.

En simultáneo, desde el oeste, un emisario solitario apareció en la corte. Venía de Elarindor, del Monte Estelar, y cargaba una pequeña caja envuelta en cuero viejo. Dijo llamarse Grecco, viejo amigo del Rey. Pero no viajaba solo en espíritu: la comunidad que, a instancias de Iskar, se había asentado más allá de las montañas, había ayudado a recolectar raíces y hojas raras. Entre ellas, hisopo, para limpiar los males del pecho y la garganta; cilantro, cuyas semillas despejaban el cuerpo de toxinas; regaliz, dulce raíz que aliviaba la tos y suavizaba la respiración; y consuelda, con poder de cerrar heridas y sanar huesos fatigados.

Los sanadores de Dorvalia reconocieron al instante la sabiduría escondida en esos cofres. Prepararon infusiones y ungüentos; mezclaron corteza de Ilván, raíz de Égrima, pétalos de flor de Nacir y los nuevos aportes del oeste y del este. Tras días de espera, aquella pócima amarga redujo la fiebre de Árgenor y le devolvió el aliento. Un aliento que, para muchos, ya parecía perdido.

No hubo celebración. Solo un suspiro contenido.

Pero mientras la vida del Rey se sostenía, otras se apagaban en silencio. En cada aldea, en cada margen, en cada cobertizo improvisado, se repetía la escena: cuerpos envueltos en sábanas, hogueras encendidas al amanecer, el llanto sin voz de los que quedaban.

A veces, en los límites de la ciudad, se oía un canto. No tenía letra. Era apenas un murmullo. Algunos decían que era un rezo. Otros, un lamento. Pero quienes lo escuchaban con el alma sabían otra cosa: era el pueblo mismo, murmurando por debajo de la peste, sosteniendo la chispa última como quien resguarda la llama en la cueva más oscura del mundo.

Máximas:

"Cuando todo parece perdido, la humanidad se aferra a la chispa más pequeña, porque en la esperanza reside la verdadera resistencia."

"No es la ausencia de miedo, sino la voluntad de seguir, lo que sostiene al reino cuando la oscuridad cubre sus torres."

La noche caía lentamente sobre las montañas de Ardoria, tiñendo de violeta las aristas nevadas que coronaban el cordón rocoso. Un viento suave descendía por las laderas, trayendo consigo el olor de los pinos y el sonido distante de las mulas y otros animales de carga que acompañaban a las caravanas. En la falda oriental, una pequeña cueva ofrecía refugio contra el frío de la altura. Allí, el grupo había decidido descansar antes de reanudar la travesía hacia la Casa del Alivio de Dorvalia.

Entre las caravanas, que avanzaban lentamente hacia el este, viajaban Haldor, debilitado por la enfermedad, y Argán, que lo acompañaba con lealtad y esperanza. Carretas humildes, tiradas por mulas extenuadas, transportaban a enfermos cubiertos con mantas y a dolientes que llevaban el miedo pegado al rostro. Algunas portaban antorchas encendidas, lo que daba a la columna un aire de procesión espectral, como si una peregrinación de almas heridas marchara en busca de un último consuelo.

Haldor yacía recostado sobre un lecho improvisado de mantas y cueros. La fiebre le había robado fuerzas, pero no dignidad. Su torso, aún ancho y firme, subía y bajaba con lentitud, como si cada respiración fuera una batalla ganada. Argán estaba a su lado, sentado en silencio, con los ojos clavados en el horizonte. El reflejo del fuego danzaba en sus pupilas, pero no calentaba la tristeza que empezaba a nacerle en el pecho.

Un ave nocturna cruzó el cielo, y su silbido agudo rompió el silencio apenas unos segundos antes de que Haldor hablara. Respiraba con dificultad, pero su mirada no había perdido fuerza. Su voz llegó baja, pero firme:

—Esta peste no entiende de títulos ni de fronteras —murmuró—. Mirá lo que le pasó a Brenor... un pura sangre, como los corceles de las Praderas de Lavial. Y se fue… en cuestión de días.

Cerró los ojos un instante, como si buscara a Brenor entre los recuerdos.

—Ese viejo testarudo… Terco como una mula, pero más sabio que muchos de los que dictan leyes. Terminaba sus clases en el valle y, aunque estuviera rendido, montaba su caballo y salía a cabalgar un rato. Decía que nunca era tan libre como en ese rato sin destino. Que no vivía de verdad sino en esos viajes hacia ningún lado, solo para volver.

Pausó para tomar aire, y luego agregó, casi en un susurro:

—Quizás vivir es eso, ¿no? Salir a dar una vuelta un rato. Respirar. Sentir que el viento te nombra.

Argán lo miró sin hablar. Pero sus ojos decían todo: te escucho, te sigo, te entiendo.

—¿Y qué es un rato, Haldor? —dijo por fin, con voz baja, casi sin querer romper el silencio—. ¿Un descanso entre dos dolores? ¿Un respiro antes de volver a cargar?

—Un rato es lo que no se mide, Argán. Es ese fragmento de tiempo que se escapa de los relojes. No dura mucho, pero alcanza. Como una canción breve que no se olvida. Vivir de a ratos no es vivir menos… es vivir cuando se puede, cuando se está.

Se miraron con esa calma que da saberse a salvo, al menos por un momento.

—Somos tiempo, Argán… —continuó Haldor, con voz ronca pero lúcida—. Un tiempo que se nos escurre como la vida misma… y solo en ciertos ratos encontramos sentido. En esos momentos… somos enteramente vivos. Como si el tiempo se suspendiera. ¿No te pasó eso alguna vez? ¿No sentiste eso?

Argán bajó la mirada, como quien reconoce una verdad que también es suya.

—Sí… cuando estoy con Tharna.

Haldor sonrió apenas, con los labios partidos por la fiebre.

—Entonces… —murmuró Argán, con la voz apenas sostenida por un hilo de aliento— vivir no es durar.

—No. Vivir es estar presente. Aunque sea por un rato. Aunque sea solo una vez… de verdad.

Haldor cerró los ojos de nuevo, y durante unos segundos solo se escuchó su respiración densa, mezclada con el murmullo del viento afuera.

—No me preocupa morir —dijo luego—. Me preocupaba no haber vivido bien. Pero ahora entiendo que… viví. No entero, no perfecto, no siempre. Pero viví. Y eso… ya es algo. Tal vez lo único que importa.

—Es todo, Haldor —susurró Argán.

Se quedaron un momento en silencio, sostenidos por la quietud del fuego y el rumor del viento entre las rocas.

Entonces, con un esfuerzo visible, Haldor alzó la mirada una vez más.

—Estaba oxidado, Argán… —murmuró, mirando hacia el fuego como si lo viera en otro tiempo—. Como mi vieja espada,

¿te acordás? Aquella tarde en que viniste a buscarme a la cabaña... No sabía si todavía podía blandirla. Ni si quería hacerlo. La sostuve en las manos... y pesaba más que nunca. Como si me obligara a recordar por qué había luchado... y por qué había dejado de hacerlo.

Hizo una pausa breve, marcada por una respiración fatigosa, pero clara.

—Pensaba que eso era todo. Que mi historia ya estaba escrita. Pero apareciste vos... con tu insensatez, con ese modo tuyo de hablar sin pedir permiso. Me sacudiste la modorra del silencio.

Y estos años... me cambiaron la vida. Nunca me imaginé como un formador. Y sin embargo ahí estaba, en el Campo del Fénix, rodeado de mocosos que querían aprender a blandir una espada. A fortalecer el cuerpo. A pensar antes de actuar.

—Esos mocosos me veían como si fuese un gladiador. Crecieron escuchando nuestras leyendas... y más de una vez me han hecho lagrimear. A mí... ¿sabés? A mí.

Argán sostuvo su mirada con emoción callada. Una lágrima descendía sin apuro por su mejilla, trazando una huella que no buscaba ocultarse.

—Veo en ellos no solo los rostros de los que se fueron... sino los nuestros, Argán. Los nuestros, cuando éramos niños. Entrenando con esas espadas romas, con la cara manchada de barro, raspones y pelones por todo el cuerpo... y carcajadas fáciles. Y el capitán Mégan protestando.

—El capitán... —susurró Argán, como si el recuerdo volviera a hacerse presente.

—Un gruñón... pero el mejor —dijo Haldor.
—Un brindis por él —añadió Haldor, buscando su cantimplora.

La alzó apenas y exclamó:

—¡Por Mégan!

—¡Por Mégan! —repitió Argán, y bebió un trago largo.

—Y por Brenor —agregó Haldor, intentando incorporarse. Tras el sorbo, volvió a alzar la cantimplora:

—Y por Waldric... Y Gawain... Y los demás.

Se recostó otra vez y respiró con calma unos segundos. Se detuvo un instante, con la respiración trabajosa, y luego agregó con voz firme:

—Quiero pedirte una última cosa.

—Pedí lo que sea. Somos más que familia, Haldor... —dijo Argán, apretando con fuerza la mano de su hermano de armas.

El viejo guerrero esbozó una sonrisa, casi traviesa, a pesar del dolor que marcaba su rostro.

—Claro que sí. Aunque no te limpié los mocos de chico... más de una vez te salvé de que te hicieras encima de grande.

Ambos rieron como podían, con esa risa que se mezcla con la pena pero la vence por un instante. Luego Haldor expresó su última voluntad:

—Quiero que busques a Tharna. Hablen con Roderic, él sabrá entender... Y vayan a vivir a mi cabaña, allá en las sierras de Briven. Formá una familia, mientras puedan. Es lo único que lamento... no haberlo hecho yo.

Argán lo miró con los ojos empañados, tragando saliva para contener las lágrimas.

—Pero prometimos construir un reino más justo… No puedo irme ahora, en este momento de necesidad.

Haldor asintió con lentitud y le apretó la mano con ternura.

—Ya lo estás haciendo. Y lo seguirás haciendo. Pero hay un tiempo para la espada… y otro para la semilla. Este no es tiempo de guerra. Este reino no se sostiene solo por quienes lo defienden con acero. Lo sostiene también quienes lo habitan con esperanza.

El silencio se extendió como un manto entre ellos. Argán respiró hondo, sintiendo el peso de cada palabra, el eco de cada recuerdo. Le acarició el hombro con suavidad, como quien despide a un hermano en la puerta de un largo viaje.

—Hacé lo que pido, pequeño insensato… —susurró Haldor, con una chispa de ironía y ternura que aún lograba florecer entre la fiebre.

Fue su última broma. Un instante después, su pecho se detuvo. Sus párpados descendieron con la serenidad de quien no huye, sino que regresa a casa.

Argán, en un gesto casi automático, llamó a uno de los sanadores, aunque en su interior ya sabía la verdad. Haldor había dado paso a la eternidad.

El sanador se acercó, lo examinó en silencio, y con un leve gesto de cabeza confirmó lo inevitable. Nada podía hacerse.

Argán se tomó la cabeza con ambas manos, apretando las sienes como si quisiera impedir que los recuerdos escaparan.

Luego se mordió el puño, y una lágrima le surcó el rostro. Una piedra voló con furia y quebró el silencio, como si su rabia necesitara hacer ruido para no ahogarse.

El sanador, con respeto, fue en busca de una sábana blanca para preparar la cremación como el protocolo exigía. Al regresar, Argán le tomó la mano.

—Gracias... yo me encargo... déjame solo, por favor —dijo, con la voz quebrada.

El sanador asintió y se alejó sin palabras, regresando al camino con las caravanas que, poco a poco, reanudaban su marcha hacia Dorvalia.

Argán se inclinó junto al cuerpo. Lo miró por última vez y le habló en silencio, como si el alma aún escuchara. Luego lo envolvió con la sábana y sacó de su bolso una pequeña cantimplora de metal. Bebió un sorbo de licor fuerte y derramó el resto sobre el cuerpo.

Tomó una antorcha que ardía en la pequeña hoguera que los había calentado durante la noche. Se quedó allí, en pie, contemplando cómo las llamas comenzaban a alzarse. El fuego crepitó, llevándose consigo la carne, pero no el nombre. Ese ardor, más que fin, parecía tránsito: como si lo devolviera a la llama donde fue forjado.

Se sentó a unos metros, apoyó la espalda contra la pared de la cueva y miró el horizonte, buscando en la vastedad los recuerdos compartidos: las risas, las peleas, los aprendizajes, las batallas... y aquella tarde junto al río en que Haldor lo había lanzado de cabeza, solo para enseñarle a nadar.

Cuando las llamas se extinguieron y solo quedó el resplandor tenue de las brasas, Argán se puso de pie. Salió de la cueva y, justo en la entrada, grabó una sola palabra en la piedra, con manos trémulas y el pecho apretado:

Haldor

Se quedó mirando la inscripción en silencio, como si con los ojos también quisiera dejar una despedida. Sus manos aún temblaban. Luego soltó el aire que había estado conteniendo, largo y hondo, como si así dejara ir también el dolor. Guardó el cuchillo con lentitud, casi con respeto. Y se echó al camino, con pasos pesados pero firmes.

Decidido a cumplir la promesa hecha a Haldor. Decidido a hacer lo más valiente. Decidido a formar algo con Tharna. Algo que la guerra no pueda destruir, ni el invierno desgastar, ni el tiempo olvidar.

"Reinar es cuidar".

No era una consigna lanzada en voz alta ni un decreto estampado en papel. Era una inscripción tallada por Árgenor con la torpeza paciente de quien no es escultor, muchos años atrás, cuando las primeras piedras del castillo se alzaban con más esperanza que experiencia. Era, simplemente, una brújula. Y ahora, en medio del luto, volvía como lo hacen las brasas debajo de la ceniza.

Y lo hizo como circulan los llamados más profundos: sin orden explícita, sin alardes, pero con una fuerza que arrastra.

Así, bajo su impulso, Roderic decidió dar un paso más allá del socorro inmediato. Con la ayuda de sabios y sanadores venidos de Dorvalia, organizaron una red viva de cuidado. Y donde antes había caos, surgió propósito.

Así nació la **Compañía del Alivio**.

No era un batallón ni una orden religiosa. Era un grupo extraño y silencioso: soldados que habían visto morir a sus compañeros, curanderos que hasta entonces no se hablaban entre sí, herbolarios del sur, parteras del este, y jóvenes de mirada seria que, instruidos por los sabios dorvalios, aprendían a diagnosticar fiebres, a ventilar con paños de vinagre y a escuchar sin interrumpir.

No llevaban estandarte ni campamento fijo. Solo portaban bolsas de cuero con ungüentos, libros heredados, mantas gruesas y frascos de vidrio que tintineaban al andar. Pero no cargaban solo objetos: los envolvían aromas y sonidos —el vinagre cortante en las vendas, el dulzor terroso de raíces frescas atadas en ramos, el soplo balsámico de hierbas que prometían alivio y el leve repique de los frascos, como un campanario portátil que anunciaba su llegada sin palabras. Por las noches, el calor de las fogatas envolvía sus cuerpos cansados, mientras rezos y cantos, apenas susurrados, apaciguaban incluso los espíritus más inquietos.

Recorrían pueblos, tocaban puertas, entraban con humildad y, cuando podían, devolvían un hálito de vida. A veces salvaban a alguien. A veces no. Pero siempre llevaban consuelo. Y eso, en aquellos días, bastaba para dar sentido al viaje.

Los jinetes y sanadores de la Compañía del Alivio cruzaban caminos y aldeas como un río que irrigaba vida y esperanza. En una de esas caravanas viajaban juntos Argán y Tharna, dos figuras firmes en medio de la fragilidad del reino.

Argán, curtido por años de batallas y pérdidas, cargaba consigo un amor contenido. Tharna, la única mujer entre los capitanes, imponía respeto sin necesidad de alardes.

Durante las largas jornadas junto a la Compañía, compartían un camino forjado entre incertidumbre y esperanza. Tharna de cabello oscuro como una noche sin luna, llevaba su pelo trenzado hasta la cintura. Tenía una belleza felina, hipnótica, con ojos azul acerado que guardaban secretos antiguos. Su porte era una mezcla de fuerza y delicadeza; cada movimiento irradiaba la seguridad de quien domina su entorno sin ostentación. Mostraba su temple sin necesidad de palabras, y Argán la observaba con un respeto que pronto se volvió admiración serena. En la cadencia callada de la rutina, fue naciendo un lazo que no pedía ser nombrado.

Por las noches, cuando el cansancio no vencía del todo, se reunían en torno a pequeñas fogatas. Allí comenzaba un segundo viaje: el del intercambio.

Los sanadores dorvalios, venidos del otro lado de las montañas, compartían sus saberes: cómo detectar el cambio en el color de la lengua, qué plantas cortaban la fiebre sin agotar al cuerpo, qué tinturas frenaban la gangrena. No hablaban con soberbia. También ellos habían aprendido que, en tiempos de peste, no hay jerarquías.

En esas noches, los diferentes acentos se mezclaban como un coro inesperado. El joven aprendiz de Dorvalia, con ojos grandes y atentos, compartía la sorpresa al descubrir el poder de una raíz desconocida, mientras una curandera del sur, que hasta entonces guardaba celosamente su secreto, lo entregaba con una sonrisa cómplice. En otro rincón, una partera del este escuchaba con atención un verso que un sanador recitaba para calmar el llanto de un niño, y por un instante, las diferencias se desvanecían, dando paso a una fraternidad nacida de la necesidad y la esperanza.

Y en esas noches, cuando la caravana se detenía y el murmullo de las fogatas los envolvía, Argán y Tharna iniciaban, también otro recorrido. Sus miradas se cruzaban con una intensidad nueva, y sus manos se rozaban con la suavidad de una promesa no dicha. Y en esos momentos, cuando el mundo parecía deshilacharse por la peste y la pérdida, ellos eran un refugio.

Así, día tras día, mientras la Compañía tejía redes de cuidado y consuelo, Argán y Tharna tejían su propia historia, un lazo silencioso que poco a poco se volvía inquebrantable. Y mientras esa intimidad crecía al calor del recorrido, también lo hacía el saber compartido: como si ambos hilos —el del cuidado y el del afecto— se trenzaran sin saberlo, sosteniéndose mutuamente.

Los curanderos del Reino compartían secretos que la tierra les había susurrado: raíces de alto poder, mezclas que obraban no solo en el cuerpo sino también en el ánimo, técnicas para mantener viva la esperanza en los niños. Algunos sabían leer las nubes como diagnóstico, otros recitaban versos que calmaban más que un jarabe. El arte de curar, entendieron todos, no era una ciencia fría, sino un pacto de cuidado.

Con el tiempo, aquel saber compartido dejó de ser un gesto generoso para convertirse en un fundamento: lo que se aprendía una noche se aplicaba al día siguiente. Lo que se curaba en un pueblo servía para prevenir la muerte en otro.

Y la peste... La peste comenzó a retirarse.

No fue una retirada rápida ni limpia. No hubo un anuncio desde los campanarios ni un día señalado. Pero lentamente, como el invierno que empieza a ceder, la muerte dejó de reclamar cada casa. Los hornos funerarios ardían menos. Las canciones nocturnas no eran ya rezos de despedida, sino nanas nuevas. Los jinetes de la Compañía del Alivio regresaban con noticias mejores. Y en los caminos, las gentes volvían a saludarse.

Pero el compromiso de cuidar no se apagó con la última fiebre. Algunos de los que habían recorrido los caminos con la Compañía decidieron quedarse, fundando espacios para el cuidado que ya no respondían a una emergencia, sino a la voluntad de sostener la vida en cada gesto cotidiano. Así, el cuidado se convirtió en una forma nueva de reinar, donde la fuerza no se medía en espadas, sino en manos que curan y miradas que sostienen.

La peste no se fue del todo, y el dolor tampoco. Pero en el corazón del reino, algo más hondo se había encendido: el compromiso de cuidar.

Ese fuego encendido no ardía solo en hospitales de campaña ni en casas comunales. También había encontrado refugio en vínculos más íntimos, más silenciosos. Tharna y Argán habían decidido cuidar aquello que había nacido entre ellos en medio de la oscuridad. Sin prisa ni grandes promesas, eligieron echar raíces en la cabaña de Haldor, allá en las sierras de Briven, donde el río Silmarel acaricia las piedras y el viento susurra historias ancestrales.

Una tarde le comunicaron su deseo a Roderic y, tras recibir su aprobación, emprendieron viaje hacia las sierras... no sin antes prometer que, si el reino volvía a enfrentarse al peligro del acero, él los vería cabalgar a su lado.

Allí, entre montañas cubiertas de musgo y cielos amplios, el hogar comenzó a latir: Argán encendía el fuego cada mañana con ramas secas y cuidado preciso; Tharna acomodaba la mesa de madera áspera con pan recién horneado, hierbas y vajilla sencilla. La vida, como el musgo en las piedras, crecía sin ruido.

Y no solo allí: en un pueblo ya menos temeroso, la vida también comenzaba a tomar nuevamente su lugar con gestos sencillos y persistentes. Un niño corría descalzo por el campo, sosteniendo una pequeña flor silvestre que acababa de arrancar. A lo lejos, un viejo que había vencido a la enfermedad caminaba con paso lento pero seguro, mientras una mujer abría la ventana de su casa, dejando que la tibia luz del sol entrara por primera vez en mucho tiempo. En cada rincón, la vida, delicada y persistente, volvía a respirar.

Máxima:
"Reinar no es imponer el poder, sino sostener la vida en sus horas más frágiles; es cuidar, persistir y encender esperanza cuando todo parece extinguirse."

Capítulo XIX – El Río y la Memoria

Un año después de la reapertura de las fronteras y de haberse declarado libre al reino, los caminos de la peste se convirtieron en sendas de reconstrucción. Las antiguas estaciones de aislamiento fueron transformadas en casas de tránsito; los patios vacíos de los sanatorios, en jardines para el descanso de los caminantes. Y a lo largo de todo el territorio, donde antes flameaban estandartes de vigilancia, ahora ondeaban paños blancos, símbolo de la vida que resistió.

El reino, a pesar de sus cicatrices, comenzaba a respirar con un aliento nuevo: más lento, pero firme.

Para marcar ese primer aniversario, se organizó una ceremonia no en plazas ni palacios, sino en un lugar que parecía hecho para la memoria: Nareth, a orillas del Río de la Espuma.

Allí, entre sauces y rocas alisadas por los años, se levantó un montículo de piedras, una sobre otra, sin nombre ni inscripción. Era un homenaje a todos los que partieron en silencio, sin despedida posible, cuando la peste impuso su soledad.

Cada piedra representaba una vida. No se buscó orden ni simetría. Solo presencia.

Frente al montículo, el pueblo se reunió sin armas ni estandartes, con flores en las manos y cartas escritas de puño y letra. A un lado del claro, un grupo de canteros había tallado una canoa sencilla, de madera liviana, que flotaba serena sobre la orilla.

El Rey Árgenor, con el rostro aún marcado por la tristeza, se puso de pie sobre la tarima de madera. Tomó aire despacio. Luego habló con voz grave y serena, alzando lentamente una mano en señal de silencio:

—Gracias por estar aquí. Ha pasado un año desde que volvimos a abrir las puertas del reino. Un año desde que el silencio impuesto por la peste empezó a ceder. No por olvido, sino porque la vida —terca— brotó otra vez entre las ruinas. Nos reunimos hoy junto al Río de la Espuma, y no por azar. Este río, como nosotros, ha visto morir y renacer. A veces crece, desborda, arrasa. Luego vuelve a la calma, sin olvidar lo que se llevó.

Como este río, también nosotros llevamos cicatrices. En sus orillas dejamos las primeras ofrendas, y frente a estas piedras inclinamos la memoria.

Hizo una breve pausa. Miró hacia el montículo y señaló las piedras con un leve gesto de su mano derecha:

—Estas piedras no llevan nombres, pero no están vacías. Cada una representa un rostro, una voz, una historia interrumpida. Son los que partieron sin rito, sin despedida. A ellos debemos este momento.

Por un instante bajó la mirada, como buscando palabras entre el polvo de sus propias pisadas. Luego la alzó hacia los presentes, con el rostro ensombrecido de recogimiento. —No vine aquí a ofrecerles consuelo fácil —prosiguió, con calma contenida—. Porque no hay palabras que devuelvan lo perdido. Pero sí les traigo un sentir que se impone como verdad: seguimos respirando. Con el alma marcada, con la mirada distinta... pero vivos. Y aquí estamos, juntos, resignificando la memoria. Porque la memoria no se mide en monumentos, sino en el recuerdo que se cuida día a día, en el amor que sigue vivo a pesar de la ausencia. Por eso, aunque el duelo sea íntimo, el recuerdo es tarea común.

Hizo una breve pausa y elevó el tono. —El reino ha cambiado. Y nosotros también. Aprendimos a hablar más bajo, a mirar más hondo, a agradecer el pan compartido, el fuego encendido, la compañía sincera. —Esta peste no distinguió linajes ni cargos. Se llevó a sabios y a niños, a justos y a injustos. Por eso no alzamos estatuas: sembramos huertos. Abrimos libros. Contamos sus historias, para que sigan vivos en la memoria y no se pierdan en el olvido. Y en medio de ese contar y sembrar, nos preguntamos qué hicimos con todo esto.

Levantó la mirada, buscando los ojos de los presentes. —¿Vencimos? —preguntó, interpelándolos con la mirada. Y afirmó—: No. Resistimos. Y resistimos porque seguimos amando a pesar del miedo. Encendimos hogueras con manos temblorosas, y al día siguiente salimos a sembrar. —Y con esa terquedad —esa fe sin certezas— estamos aquí. De pie. Pudiendo mirarnos a los ojos.

Recorrió a los presentes con la mirada. Alzó la mano derecha con el índice apuntando hacia el cielo, y con voz firme dijo:

—Mientras yo reine, no habrá olvido. Cada decisión llevará el peso de este tiempo, de estas piedras, de este río… y de los nombres que ya no pueden ser pronunciados.

Bajó lentamente la mano, y con un gesto contenido, apoyó la palma sobre su pecho. Su voz se tornó más baja, más íntima, como si hablara directamente a cada uno:

—A quienes perdieron a sus seres queridos, no les pido que sigan adelante. Solo que sigan. Como puedan. Con rabia, con ternura, con silencio. Más allá de la herida, a todos nos toca ahora custodiar la vida. Porque si algo dejó claro esta peste, es que la vida nunca es solo de uno.

Se acercó al montículo. Alzó la mirada hacia el cielo, luego la dirigió a los presentes y, con voz firme, cargada de sentido, dijo:

—Que el dolor no se endurezca en el pecho, sino que se transforme en cimiento.

—Que este reino no sea recordado por cuántos murieron, sino por cómo elegimos vivir después.

Exhaló con suavidad. Y con la voz ya templada por la emoción, cerró:

—Gracias por venir. Gracias por recordar. Y gracias… por seguir con la vista en alto, a pesar del dolor.

El Rey hizo un gesto leve a Roderic, que avanzó unos pasos y habló con voz calmada y firme:

—Durante la peste aprendimos que no se puede gobernar desde el miedo. Aprendimos que también se reina en el silencio, cuando uno decide no rendirse.

Bajó ligeramente la cabeza, como en señal de respeto, y prosiguió:

—Y si algo nos enseñaron quienes hoy no están, es que el amor no se apaga. Ni siquiera con la muerte.

Su mirada se elevó, buscando la empatía del público: —Por eso hoy no lloramos la pérdida: abrazamos el regalo que fue haberlos tenido, y prometemos cuidarlo día a día, como se cuida un fuego sagrado.

Bajó la mirada unos segundos y luego, con gesto cálido y voz pausada, invitó a la gente:

—Ahora los invito a dejar sus cartas, sus flores, esas palabras que no pudieron decir en su momento, lo que quedó guardado. El río… sabrá llevarlas donde tengan que ir.

Uno a uno, los presentes caminaron hacia la canoa. Algunas cartas eran largas, otras apenas un nombre escrito a mano. Algunas flores estaban frescas; otras, secas, guardadas hacía meses.

Cedric fue de los primeros en acercarse. Depositó su carta con manos firmes pero lentas, como si cada palabra pesara más de lo que parecía. No dejó discurso, solo un gesto contenido —el mismo con el que, durante años, había enfrentado la adversidad sin doblegarse. Ni la guerra ni la peste habían podido con él. Pero sabía que su tiempo también se acercaba al final.

En esa carta dejaba el nombre de tantos hombres y mujeres que habían luchado a su lado, y a los que nunca olvidaría. Se abrazó con Roderic en silencio, con la fuerza justa y la emoción contenida. Estaba dispuesto a acompañarlo hasta que se convirtiera en rey… y luego partiría hacia las sierras de Ardovain, donde la frontera toca el cielo y la memoria camina libre.

Y entonces, cuando los gestos ya hablaban por sí solos, Sybilla dio un paso adelante.

Sostuvo la carta entre sus manos. Caminó hacia la canoa sin apuro, con la calma de quien ya ha transitado las mareas del duelo. La gente enmudeció. Cuando alzó la voz, no había quebranto, sino una serenidad que conmovía más que el llanto.

—Cuando escribí esta carta, sabía que la iba a leer. No porque fuera fácil, sino porque quería hacerlo. No vengo a hablar del dolor —dijo, con una voz serena—. Vengo a hablar de ellos… y de todo lo que me dejaron.

Hizo una leve pausa, bajó la mirada hacia la carta, y sus dedos la recorrieron como quien acaricia un retrato invisible.

—Mamá... tu amor era fuerza. Firmeza envuelta en calor. Me enseñaste que cuidar no era solo ternura, sino también decir la verdad, aunque duela. En tu modo directo aprendí a crecer con dignidad.

—Papá... tu bondad no hacía ruido, pero marcaba el paso. Servías al prójimo como quien respira: sin pensar en recompensas, sin pedir nada a cambio. De vos aprendí a extender la mano sin preguntar por qué.

—Gavién, hermano querido... vos fuiste el silencio que sabía mirar. No necesitabas hablar para hacerte entender. Tu forma de estar me enseñó a escuchar lo que no se dice.

Alzó la vista hacia el río, como si pudiera verlos allí.

—Hoy dejo esta carta en el río porque quiero que viaje como ustedes viajaron: en paz, con amor, sin cadenas.

—Gracias por haberme hecho quien soy. Gracias por estar conmigo, incluso ahora. Me sostienen aunque no los vea. Me guían aunque no los escuche. Y en cada gesto mío que honra la vida... ahí están ustedes, conmigo.

Guardó silencio. Respiró profundo. Luego colocó la carta con cuidado dentro de la canoa, junto a las flores que otros habían dejado.

Fue entonces que Solmir se acercó, sin decir nada al principio. La abrazó con fuerza contenida y, en voz baja, le dijo:

—Fuerza, hermana... ellos siguen habitando en nosotros. Y nos acompañarán... en cada paso que demos.

Entonces, Árgenor, Roderic, Solmir y Sybilla empujaron juntos la canoa hacia el centro del río. La madera crujió apenas al tocar el agua. El sol bajaba detrás de las montañas, y la corriente —suave, constante— se llevó la embarcación, como quien guarda un secreto entre brazos invisibles… y lo entrega a las aguas del tiempo.

Máximas:
"Que la memoria no sea un ancla, sino un faro."

"El dolor enseña, pero es el amor el que construye."

Capítulo XX – La Despedida: Esos Dolores Dulces

No hubo anuncio ni edicto. Solo el correr del tiempo y el rumor entre los árboles.

Aquel discurso junto al Río de la Espuma, pleno de temblor y esperanza, fue el último que Árgenor pronunció en público. Luego, su figura se volvió más discreta, casi etérea. No desapareció del todo.

De vez en cuando se lo veía caminando por la plaza central como uno más. Sin capa, sin corona, sin guardias a su lado. Apenas con un bastón de madera liviana y una bolsa de lino colgando del hombro. Caminaba despacio, saludando a quienes lo reconocían —que eran muchos— pero sin llamar la atención. Algunos niños lo seguían por instinto, como si supieran que aquel hombre que les ofrecía frutas no era solo un anciano amable, sino alguien que había sabido reinar sin dejar de escuchar.

Manzanas, duraznos, higos secos... De sus manos, el gesto más simple parecía una enseñanza. Se detenía bajo los tilos o frente a los puestos del mercado, observando las cosas del mundo con una ternura extrañamente intacta. Como si cada día fuera, para él, una revelación nueva.

En los pasillos del castillo, su andar era lento. Y aunque su mirada conservaba el fulgor de siempre, quienes lo conocían bien notaban un cansancio callado, como quien ya no lucha contra la noche, sino que conversa con ella.

No lo dijo con palabras. Pero lo supieron todos: su sanación no había sido completa. El veneno de la peste, aunque vencido, había dejado marcas hondas, secuelas que su cuerpo, por más noble que fuera, ya no podía ignorar.

Árgenor lo comprendía. Su hora no estaba tan lejos. Pero no se rendía. Se ofrecía.

En la cabaña de su viejo amigo Grecco, llamada *La Estrella Baja*, quedó un tablero de ajedrez plegable con una partida a medio jugar. Junto a él, una pila de papeles, mapas y un cuaderno de anotaciones personales.

Las notas no hablaban de fantasías ni utopías vagas. Registraban paisajes y regiones que Árgenor había explorado o estudiado en los años de su juventud: llanuras occidentales de Velhoria, descripciones de los reinos de Elarindor, Arvenia y Elthora, trazos de caminos entre montañas, dibujos de árboles endémicos y costumbres de pueblos nómades.

También incluían referencias mineras al este del reino, en la región de Ardoria, cerca del Paso del Silencio. Había allí cálculos, símbolos, advertencias... y una inquietud no dicha, una sospecha velada de que algo dormía bajo aquellas piedras antiguas. Y quedaron ahí bajo la custodia de su amigo... como si intuyera que esos papeles eran una despedida hecha de tinta, una última mirada sobre el tablero mayor.

Cuando el final se acercó, lo hizo sin violencia. Una tarde, Árgenor pidió cerrar las ventanas. No para aislarse, sino para concentrarse. En sus labios, flotaba una paz no fingida. Como si ya hubiese vivido lo suficiente para no temer el cruce.

Al caer el sol, la habitación estaba en penumbra, pero la luz del ocaso teñía las piedras de un dorado tibio, como si el día no quisiera irse aún. En el lecho, Árgenor reposaba con los ojos cerrados, los labios serenos, el pecho agitado apenas por la respiración fatigada.

Valiréa estaba sentada junto al lecho, tomándole la mano a su padre con una delicadeza casi ritual, como si se despidiera de una melodía que aún no ha cesado. Roderic, de pie junto a la ventana, observaba el cielo teñido de fuego, con el ceño fruncido y la espalda tensa: no solo por la vejez de su padre, sino por el peso incierto de lo que vendría después.

Y fue entonces, cuando la luz comenzó a menguar, que Álendir entró.

Vestía como un viajero cualquiera, con capa de lino polvorienta y un gorro humilde, pero no pudo ocultarse a los ojos de su padre. Árgenor entreabrió los párpados, y una sonrisa le nació honda, como si el alma hubiese reconocido el paso antes que el cuerpo.

—Así que al final... el viento te trajo de vuelta —murmuró.

Álendir avanzó sin decir palabra. Roderic se giró, con un sobresalto contenido. Durante un segundo, ambos hermanos se miraron sin saber por dónde empezar. Y luego, como si el tiempo se rompiera por fin, se abrazaron. No fue un gesto rápido ni contenido, sino un abrazo largo, verdadero, sin palabras, como si cada uno necesitara comprobar que el otro seguía siendo real.

Valiréa sonrió sin moverse del lecho. Álendir se arrodilló entonces junto a su padre y apoyó la frente en el borde del colchón.

—Recibí tus cartas —dijo por fin—. Supe lo suficiente para no venir antes. Y también cuándo era momento de dejar de caminar.

Árgenor asintió apenas, con los ojos brillosos.

—Viniste cuando tenías que venir... y eso basta.

Hubo un silencio, de esos que no se imponen, sino que nacen por sí mismos. Afuera, los perros callejeros se echaban bajo los bancos de la plaza. Los niños ya dormían. Y dentro del castillo, en esa habitación tranquila de paredes silentes, apenas iluminada por la luz tenue del candelabro, los cuatro permanecieron juntos sin medir el tiempo.

—¿Te duele, padre? —preguntó Valiréa en voz baja.

Árgenor negó con suavidad. Sus ojos brillaban, pero no por fiebre.

—No. No es dolor... es el dulce peso de lo vivido. Como el vino que queda en el fondo de la copa: oscuro, espeso, pero verdadero.

Sus dedos buscaron los de Valiréa, y con la otra mano tocó apenas el brazo de Álendir. Luego miró a Roderic, de pie aún, en silencio, como si su sola presencia bastara.

—Los tres... los tres siguieron caminos distintos, y aún así están aquí. Eso es todo lo que un padre puede pedir.

Después, su mirada se volvió más precisa, más honda, como si hablara para cada uno.

—Roderic... no dejes que la piedra se endurezca en tu pecho. Gobierna con el oído, no con el puño.

—Valiréa... custodiá los signos. Hay sabiduría en lo que aún no comprendemos. Cada símbolo antiguo es un puente hacia lo que fuimos... y hacia lo que podríamos volver a ser.

—Y vos, Álendir... sos el testigo del mundo. No te detengas. Donde haya un río, crúzalo. Donde haya un fuego, escúchalo. Donde veas belleza, nómbrala. Y si alguna vez esta casa olvida mirar hacia afuera... volvé.

Nadie habló después de eso. El silencio no era ausencia, sino abrigo.

Árgenor fue cerrando los ojos muy lentamente, como quien se entrega a un sueño que ya no duele. Y entonces, apenas perceptible, casi confundida con el murmullo de las piedras que se enfrían, una palabra pareció flotar en la habitación, traída por el viento que cruzaba los cristales:

—Aenor...

Valiréa levantó la vista, pero no dijo nada. Roderic sintió un leve estremecimiento en la nuca, como si un recuerdo que no era suyo le rozara el alma. Álendir apretó los párpados con fuerza.

No fue un nombre dicho con voz, sino un susurro que venía de muy lejos, de los bosques de Elthora, donde alguna vez un joven sin trono ni deber escuchó al viento nombrarlo por primera vez. Era el bosque llamando a su hijo.

Y Árgenor, en lo más hondo de sí, siguió esa voz. La siguió con la calma de quien vuelve a casa, con la gratitud de quien ha sembrado y ya no teme al invierno. Y entonces partió, como una hoja que no cae, sino que elige al viento.

En la penumbra de la habitación, el aire se volvió más quieto. Solo quedaba el sonido pausado de la respiración de los presentes, la madera crujiendo bajo el peso de los años, y el último resplandor del día extinguiéndose sobre la piedra.

Así se fue Árgenor: sin estruendo, sin misterio, sin despedidas que busquen consuelo. Solo con la presencia de sus hijos, el nombre del bosque en los labios… y la dulzura honda de haber vivido lo suficiente.

Muy lejos de allí, en Monte Estelar, Grecco se sentaba solo junto al fuego. No dormía. El crepitar de las brasas le hacía compañía mientras el cielo abría su manto de infinitos. Tenía la mirada fija en las alturas, como si esperara una señal que no necesitara explicación. Y entonces, la vio.

Una estrella cruzó el firmamento con esa rapidez que no avisa, pero deja huella.

Grecco no dijo nada. Apenas frunció los labios y asintió con una mueca leve, casi una sonrisa vencida. Como quien entiende sin entender. Como quien pierde algo irremplazable… y lo agradece igual.

La llama crepitó una vez más. Luego, el silencio.

Máxima:
"Partir no es dejar, sino confiar en que lo sembrado sabrá crecer."

Capítulo Final – Donde la Luz Perdura

Días antes, los sanadores del reino, acompañados por especialistas llegados desde Dorvalia, le dieron a Árgenor la noticia que ya intuía desde hacía semanas: su cuerpo, aunque fuerte como el tronco de un roble viejo, había comenzado a declinar sin vuelta atrás. El diagnóstico fue claro. La hora se acercaba.

Árgenor no hizo alboroto cuando supo que la muerte venía. La recibió como quien ve venir una tormenta anunciada: con respeto, sin miedo, y con la certeza de que también eso forma parte del ciclo. No quiso reposo forzado ni cuidados innecesarios. En cambio, pidió tiempo para ordenar lo importante.

Pasó una tarde entera en su jardín, podando las vides con manos pausadas, como si se despidiera de cada racimo con un gesto de gratitud. No hablaba mucho, pero cuando lo hacía, pesaba más la pausa entre frases que las frases mismas.

—La planta no teme al invierno —dijo mirando el cielo—, sabe que hay vida debajo.

Pidió ver a Valiréa. Le dictó una carta sencilla para Álendir. No le habló de tristezas ni de despedidas, sino de cosas concretas: el sabor de un vino nuevo, los peces que ya vuelven al arroyo, el nombre de un nuevo potro que había nacido en las lomas. Le pidió que viniera. No por él, sino por lo que aún podían compartir.

—Hay abrazos que no se mandan por carta —dijo.

Al amanecer del tercer día, pidió a Roderic que lo acompañara a Monte Estelar. Caminaron en silencio durante horas, mientras la bruma se disolvía en las piedras y el sol empezaba a dorar las hojas del otoño. Allí, en la cima, contemplaron el reino en calma, extendido como un manto de historias. Árgenor se sentó sobre una roca vieja, la misma desde la que una vez soñó el trazado de las Cuatro Torres.

—Desde aquí imaginé el futuro —le dijo a su hijo—. Ahora te toca sostenerlo.

Luego se despidió de él con un abrazo largo y descendió en solitario por el sendero hacia *La Estrella Baja*, la cabaña de su viejo amigo Grecco, enclavada a los pies del monte. Grecco lo esperaba con una botella modesta y el tablero de siempre. Jugaron una última partida al atardecer. La madera tenía años, pero las piezas aún conservaban el brillo del aceite. Jugaron lento, entre pausas largas y silencios cómplices.

—Sabés que hoy te voy a ganar —dijo Árgenor con una sonrisa ladeada. —Hace cuarenta años que decís lo mismo —respondió Grecco, moviendo su alfil con un guiño—. Pero no creo que hoy suceda.

La partida no terminó. No hacía falta. Quedó suspendida en la tibieza de la amistad compartida. En esa misma cabaña quedó el tablero plegable con la partida a medio jugar. Junto a él, una pila de papeles, mapas y un cuaderno de anotaciones personales.

Esa noche, ya de regreso en la casa solariega, Árgenor pidió compartir un vino joven con Severyna. Fueron juntos hasta la orilla del río Teryandel y se sentaron sobre un banco de piedra bajo el sauce. El agua corría sin apuro, como si también escuchara. Hablaron poco. Él le acarició la mano con la misma delicadeza de cuando eran jóvenes, como si cada roce fuera el pétalo de un recuerdo aún vivo.

—No me voy triste —le dijo—. Porque no me voy solo.

Y en su último día claro, llevó a sus nietos Árnor y Selric a la ribera del río Silmarel. Les enseñó a preparar las cañas, a leer la corriente y a guardar silencio al lanzar. Pero no tardaron en romper ese silencio con risas, salpicones y desafíos para ver quién pescaba el primero. Árgenor los miraba con ternura, sentado sobre una piedra lisa, el sombrero ladeado y los ojos encendidos como antaño.

—Algún día —les dijo mientras recogían las líneas—, vuelvan a este río con sus hijos. No por mí, sino por ustedes. Porque lo que se ama una vez, se ama siempre.

Les dio un beso en la frente antes de marcharse, uno a cada uno, como una firma invisible.

—No quiero que me recuerden quieto —les dijo—, sino vivo. Como fui.

Y así fue.

Cuando cayó la noche, subió por última vez a la cámara alta. Roderic entró sin anunciarse. Árgenor ya lo esperaba.

—¿Sabés por qué estás acá, no? —preguntó Árgenor, sin mirarlo todavía.

Roderic asintió, en silencio.

—No te llamé para despedirme —continuó su padre—, sino para decirte que es hora. No por la sangre. Ni por aquel compromiso que hicimos ante Fravién. Sino porque tus ojos han visto más lejos que los míos... y eso me basta.

Roderic se mantuvo inmóvil. Las palabras no eran elogios, eran sentencia.

—Tenés los pies en la tierra y la mirada en el cielo. Donde yo vi un reino, vos viste generaciones. Donde yo vi estabilidad, vos viste la promesa de un futuro mejor. Tenés la estrategia del soldado y la paciencia del sembrador. La palabra en vos vale por sí misma, y el consejo te sigue porque sabe que no hablas por interés.

Árgenor se incorporó un poco, con dificultad. Tomó entre sus manos la corona de hierro oscuro, la misma que había usado desde los tiempos de la fundación. No era majestuosa. Era austera, como él. Pero ahora, en su base, relucían cuatro pequeñas piedras, incrustadas con sobria precisión. No eran adornos, sino memoria viva: señales del abrigo, la presencia, la sabiduría y la esperanza que habían sostenido al Reino.

Extendió la corona hacia su hijo sin solemnidad excesiva, como quien entrega un objeto útil más que un símbolo de poder.

—No te la doy por herencia —dijo—. Te la entrego como encargo. Este reino ha perdido mucho. La peste nos dejó con menos manos, menos voces, menos cantos. Pero aún queda semilla bajo la nieve. Solo vos podés guiarlos hacia un nuevo tiempo. No para repetir los años dorados... sino para sembrar otros mejores.

Roderic bajó la cabeza. Árgenor no le colocó la corona. Simplemente la dejó sobre la mesa, entre ambos.

—No esperes la señal perfecta. El momento no llega: se construye. Se edifica paso a paso. Y si algún día dudás —agregó, alzando la vista por última vez con una sonrisa apenas dibujada—, recordá esto: lo más importante no es la corona, sino el fuego que guarda.

Esa noche no se selló un destino. Se despertó una vigilia.

Al partir…

Árgenor no buscó dejar legado escrito ni pronunció discursos. Hizo lo único que siempre supo hacer: cuidar. El jardín, los animales, las personas. Cuidó de sí mismo como cuidaba de los otros: con respeto, con dignidad. No se apartó del mundo para esperar el final. Lo abrazó más fuerte, como quien sabe que toda despedida verdadera es también un acto de gratitud.

Murió una noche fría. La escarcha dormía sobre los tejados. El aire susurraba algo que sólo el alma podía oír, y las torres se alzaban entre sombras y andamios. El pueblo no lloró a un rey: lloró a un hombre que había sembrado con sus propias manos los cimientos de la justicia, y que había preferido el consejo al decreto, la duda noble a la certeza altiva.

La multitud se reunió por la mañana en el patio de la casa real, bajo el ciruelo sin hojas, en silencio respetuoso, con el corazón encogido pero la mirada firme. Era el día en que el Reino de las Cuatro Torres despedía a su padre fundador, Árgenor.

Severyna, su compañera de vida, permaneció en un discreto rincón del patio. No buscaba consuelo, sino permanencia. En sus ojos quietos y húmedos se custodiaba el recuerdo entero de una época.

En el centro, un altar sencillo pero solemne: cuatro torres de piedra talladas a mano rodeaban un lecho de tierra oscura, recién removida. Sobre ella reposaba el féretro de madera clara, sin adornos, tan austero como la vida que honraba. Más tarde, en ese mismo lugar, se erigiría una estatua que lo simbolice de la manera más fiel posible a como fue en vida.

Uno a uno, los presentes se acercaron a despedirse por última vez. No hubo palabras altisonantes, solo gestos.

Valiréa, con voz suave pero firme, dio un paso adelante y dijo:

—Padre nos enseñó que un reino no es solo corona ni leyes. Es cuidado, respeto y esperanza viva. Nos toca ser guardianes de ese fuego, para que nunca se apague.

Su mirada se cruzó con la de Roderic.

—Es nuestra responsabilidad mantener la llama encendida.

Luego, con un leve gesto, invitó a los demás a acercarse para despedirse a su manera.

Sybilla, con manos serenas, dejó una flor blanca sobre el féretro: era la misma flor que había plantado años atrás en suelo virgen, la promesa viva de un futuro aún no escrito.

Solmir, en cambio, depositó junto a ella un pequeño caballo de ajedrez, tallado en madera oscura. El símbolo no necesitó explicación. Árgenor no solo había sido un amante del ajedrez, sino también un cuidador de caballos, atento y paciente.

Aquel gesto unía ambas pasiones en una sola imagen: la del movimiento imprevisto, inesperado, que rehúye la recta simple para hallar el verdadero sentido del camino.

"El caballo —solía decir Árgenor— nos enseña que no siempre el trayecto más directo es el más justo ni el más profundo."

Y en ese silencio compartido, el pequeño caballo de madera quedó allí, como una enseñanza que aún cabalgaba.

Grecco no estuvo presente. Desde Monte Estelar, donde el tiempo parecía detenerse entre los árboles, contemplaba el horizonte con una flor seca entre los dedos. Guardó silencio, y en ese silencio temblaba la memoria de lo vivido.

Los sabios del consejo, vestidos con sus túnicas tradicionales, abrieron la ceremonia con palabras que calaron hondo:

—Hoy nos reunimos para honrar no solo a un hombre, sino a un legado. Árgenor fue el árbol cuyas raíces sostienen este reino; su savia, la virtud que nutre nuestra tierra. Que su memoria sea faro y refugio, y su ejemplo, camino y guía.

Se hizo un instante de silencio, roto apenas por el sonido solemne de las campanas, que reverberaron como un latido común, uniendo a todos en una sola alma. En un solo sentir. En una sola lágrima, profunda y conmovedora, por un hombre que tomó responsabilidad en tiempos de incertidumbre y sostuvo, con humildad, una corona.

Un hombre que unificó regiones fragmentadas respetando sus costumbres, y cuidó al pueblo con la misma sapiencia con la que sanaba a los animales heridos.

Un hombre que caminó a la par de su pueblo, con la firmeza del que escucha antes de decidir, y del que da antes de pedir.

Más que un hombre, fue un guardián de una llama antigua: la esperanza que alumbró en las noches más oscuras y legó no sólo ese fuego, sino también el cuidado, la sabiduría y la paz.

Su nombre se unirá a los cimientos invisibles del reino. Y cuando el viento recorra las torres, el bosque y los campos, será su eco —más que su estatua— lo que perdurará.

Y así, en esa mañana quieta, nació un nuevo silencio. Uno que no hablaba de ausencia, sino de presencia prolongada: la de un hombre que supo reinar sin imponerse, y que ahora —como los árboles y los ríos— seguiría cuidando en lo invisible.

Días después...

No hubo coronación fastuosa ni estandartes flameando con estrépito. En el gran salón del castillo, el tiempo pareció inclinar la cabeza. Velas encendidas, fragancias de lavanda y tomillo, murmullos respetuosos. El Consejo de Sabios, custodios de la memoria y la ley, aguardaba en círculo alrededor del trono vacío.

Roderic avanzó con paso firme, llevando en sus manos la corona que había pertenecido a su padre. No era un adorno, sino una herencia viva: el peso real de un hombre que, sin ostentación, había sostenido el reino con manos sabias y corazón abierto.

Se detuvo frente al trono. Su voz fue bajando hasta hacerse firme y clara, como quien no solo habla para sí, sino también para todos los que lo habían acompañado... y para los que aún estaban por venir.

—Hoy no recibo esta corona para ser un rey más. La recibo para ser el guardián de una luz que no se apaga. La luz de nuestros ancestros, que no nos dejó caer cuando la tormenta arreciaba, y que ahora nos invita a un nuevo amanecer.

Su mirada se posó en Valiréa, en quien veía no solo a su hermana, sino a la compañera fiel en la custodia del legado de su padre. En su silencio había una promesa compartida, más elocuente que mil palabras.

—Árgenor nos enseñó que gobernar no es imponer, sino escuchar. No es esclavizar al tiempo, sino danzar con él. Que el verdadero poder está en la humildad, en la justicia y en la fortaleza de quienes, como nosotros, saben que no están solos en esta tarea.

Más tarde, esa noche...

En la terraza del torreón más alto, Roderic y Sybilla se quedaron solos un instante. Desde allí, se veía el río como una línea de mercurio entre las colinas, y al este, los reflejos de las antorchas encendidas en la plaza.

—¿Estás bien? —preguntó Sybilla, acercándose. Roderic no respondió enseguida. Miraba el horizonte como si algo lo llamara, algo que no tenía nombre, pero sí peso.

—Es raro —dijo al fin—. Pasé años preparándome para esto. Pero ahora que llegó... siento que apenas estoy empezando a entender de qué se trata.

Sybilla sonrió. Le tocó la frente con los dedos, como si apartara un pensamiento terco.

—Eso significa que estás listo.

Al día siguiente...

La sala del Consejo volvió a quedar en silencio. Roderic ya ocupaba su lugar, pero no como un rey en lo alto. Era un hombre de pie ante la tarea, con la corona aún sobre la mesa, y el fuego encendido.

—El pueblo aguarda —le dijo Cedric, con lágrimas contenidas, sabiendo que su tiempo había terminado.

Había cumplido su palabra. Mucho tiempo atrás, cuando nadie llevaba corona, ya le había ofrecido su espada. Y ahora, por fin, podía descansar.

Roderic asintió. Miró hacia la ventana abierta. El sol se alzaba con tibieza, como si sus primeros rayos quisieran abrigar el inicio de algo nuevo. Y mientras observaba desde el balcón, pensó en Árgenor, en sus manos curtidas, en sus silencios sabios.

No heredó un reino. Custodiaba un fuego. Y estaba decidido a no dejarlo extinguir.

Epílogo— El Legado Silencioso

Mucho tiempo después, cuando los nombres de Árgenor, Roderic y Árnor comenzaron a desdibujarse entre los cantos antiguos, aún perduraba algo más profundo: la certeza de que hubo una generación que, en lugar de rendirse al poder, eligió sembrar virtud. Y que, gracias a ellos, otros —aún por venir— podrían encontrar luz en medio del tiempo.

Al pie de una de las Cuatro Torres, grabada en una piedra que nadie osa mover, se lee apenas una frase, casi borrada por el viento y la lluvia:

"Gobernar es encender antorchas que otros aún no saben que necesitarán."

Y quienes la leen no preguntan de quién fue. Porque en ese reino —y más allá— aprendieron que la llama no tiene dueño: solo guardianes.

Versos a la Luz de los Ancestros

(De autor desconocido. Hallado en un viejo cuaderno junto al tablero del Rey Roderic)

Bajo torres de viento y de piedra,
donde el tiempo se calla y se inclina,
arden fuegos que nadie recuerda,
pero alumbran la senda que inicia.

No hubo tronos forjados en oro,
ni coronas hambrientas de gloria.
Hubo manos que, en gestos pequeños,
dibujaron la forma de una historia.

Una pieza se entrega al silencio,
otra avanza sin miedo al final.
Así enseñan los sabios del juego
que el perder no es caer... sino dar.

Y aunque el mármol se borre en los siglos,
y la sangre se oculte en la flor,
quien gobierna con alma encendida
no gobierna: cultiva el honor.

A los que nos Mostraron el Fuego sin pedir Aplauso
(De autor desconocido. Hallado en un viejo cuaderno junto al tablero del Rey Roderic)

No están en mármol sus nombres escritos,
ni en banderas que agita el poder.
Están donde empieza el camino,
en la voz que nos enseñó a ver.

Fueron padres, abuelos, maestros,
no reyes ni dioses de altar.
Pero alzaban el mundo en silencio
cuando nadie miraba al pasar.

Sus palabras eran sencillas,
como el pan, el abrazo, el saber.
Y en sus gestos cabía una estrella
que aún guía si sabemos leer.

Nos legaron más que un linaje:
nos dejaron el modo de ser.
Cómo hablar sin herir,
cómo andar sin temer,
cómo arder sin quemar ni ceder.

Hoy los siento en el juego del viento,
en la risa que brota al enseñar,
en un niño que aprende y pregunta,
en un viejo que sabe esperar.

No murieron: están en la entraña
de cada acto que el alma dictó.
Porque un alma que enciende otra alma
es un faro que el tiempo encendió.

Y si un día mis manos vacilan
y mis ojos no puedan mirar,
que esta luz —la suya, la nuestra—
me recuerde por dónde empezar.

FIN

Anexo I: Geografía Viva del Reino de las Cuatro Torres

"No hay sendero más noble que aquel que une la tierra, la historia y el corazón del que camina."

El Reino de las Cuatro Torres se despliega como un tablero de vida, filosofía y destino. Este anexo reúne los paisajes mencionados a lo largo del relato, para guiar al lector entre colinas, pasos y memorias. La división regional que sigue está inspirada en las torres simbólicas del Reino: cada una guarda un espíritu propio y una función vital.

1. Región Central: Orfrán

"Donde la herencia se hace presente y el porvenir se labra." Honra la alianza entre Árgenor y Fravién, pilares fundadores del Reino.

Ríos: **Silmarel**, **Aurenith** y **Teryandel** confluyen aquí como venas vivas del Reino. El Silmarel desciende desde el Circo de Elthar, en las Alturas de Briven, marcando el límite oriental con Ardoria. Su ramal septentrional insinúa una frontera ambigua entre Telmar y Ardoria antes de curvarse hacia el corazón de Orfrán.

El Aurenith, nacido en las Montañas Doradas del este de Ardoria, se une al Silmarel en las tierras centrales, alimentándolo y dando origen a lo que los lugareños llaman el Gran Silmarel. Desde allí, sus aguas descienden hacia el sur, bordeando las Sierras de Ardovain hasta desembocar en el Mar de Nareth. El Teryandel, más occidental, delimita el borde entre Velhoria y Orfrán, pero no alcanza el mar: culmina su recorrido en el apacible Lago Mirelune.

Otros elementos naturales: Los **arroyos Efrin y Lavel**, nacidos en las colinas elevadas al norte de las Alturas del Valdryn, atraviesan suavemente Lavial hacia el norte. Su presencia sonora acompaña el tránsito hacia Telmar sin delimitarlo de forma rígida, y luego descienden hacia el sur, desembocando en la Laguna Velindor.

Lugares destacados:

- Castillo de las Cuatro Torres (Centro-Sur): Corazón político y espiritual del Reino.
  - o Torre Menor: Taller de Ajedrez.
- Llanura del Alba (Centro-Sur): Terrenos aptos para cultivo y ganadería. Montes Grises. Sede del Torneo de la Fusta Solar.
  - o Casa de Descanso de Fravién y Syrella.
- Campo del Fénix (Centro-Este): Lugar de formación y contemplación.
  - o Mirador de Piedra: Edificio austero y ancestral donde se dictan clases de Ajedrez.
- Tierras de Veyra (Centro-Oeste): Zona de potencial desarrollo agrícola.
- Praderas de Lavial (Centro-Norte): Transición hacia Telmar, apta para aldeas y escuelas.
  - o Taberna de las Tres Lunas: Antigua posada donde Árgenor y Severyna se conocieron.

2. Región Norte: Telmar

"Donde el viento sopla con memoria y los límites forjan virtud."

Territorio de vigilancia, contacto diplomático y memoria histórica.

Ríos y límites naturales: El ramal norte del **Silmarel** delimita un tramo incierto con Ardoria. Los **arroyos Efrin y Lavel**, al sur de la región, cruzan Lavial hacia la laguna Velindor.

Lugares destacados:

- Tierras de Telmar: Zona agrícola y cultural.
- Colinas de Ordenia: Frontera natural con Angros.
- Paso a Angros: Canal diplomático y comercial.
- Angros: Región del norte perteneciente al Reino del Valle del Mediodía.
- Reino del Valle del Mediodía: Reino vecino en proceso de reunificación bajo Fendrick.

3. Región Este: Ardoria

"Donde la roca guarda secretos y la historia duerme bajo la piedra." Zona minera, estratégica y cargada de antiguos misterios.

Ríos y límites naturales: El **Silmarel**, ya nutrido por el **arroyo Arvendiel**, traza la frontera oeste con Orfrán. Al norte, su ramal insinúa un límite con Telmar.

Sierras de Ardovain: Al sur de Ardoria, marcan la transición hacia las tierras bajas de Nareth.

Lugares destacados:

- Paso del Silencio: Punto crítico de defensa.
- Quebrada de Ardán, Garganta de Soria, Los Abedules: Accidentes geográficos de relevancia táctica y simbólica.
- Cordillera Minera: Vetas de hierro, oro y otros minerales. Límite con el Reino de Dorvalia.

- Reino de Dorvalia: Regido por el Rey Dámeric y luego por su hijo Rámeric.
- Montañas Suaves: Donde se encuentra la casa de Fravién y Syrella.
  - Molino Harinero de Fravién: Casa de estudio de Solmir.
  - Arroyo Arvendiel: De cauce claro, moviliza las aspas del molino y alimenta el Silmarel.

4. Región Oeste: Velhoria

"Donde la savia canta y la estrella guía."

Refugio de sabios, poetas y guardianes del alma.

El río **Hinedil**, que nace en la cordillera que separa el Reino del Valle del Mediodía del asentamiento escondido en la región boscosa de Elthora, traza el límite natural entre Velhoria y Telmar antes de descender y desembocar en la Laguna Velindor.

Al norte de la laguna, se elevan las **Alturas de Valdryn**, montañas cubiertas de coníferas y nieblas suaves, custodiadas por sabios y guardianes del saber ancestral. Los **Montes Grises**, nacidos en Velhoria, descienden hacia el sur rozando las Llanuras del Alba y marcando el límite natural con Nareth.

Hacia el oeste emergen los imponentes **Picos de Velhoria**, cordón montañoso que marca la frontera con Elarindor. Allí nace el río Teryandel, alimentado por el **arroyo Lirien**, que surge en las **Montañas de Seryan**, al norte de Elarindor, en las cumbres que se elevan dentro de la región de Elthora.

Lugares destacados:

- Bosques de Loria / Fango de Loria: Territorios de leyenda, magia y exploración.
- Monte Estelar: Sede del Pabellón de Lectura.
- Cabaña de Velindor: Refugio oculto entre los abetos y la laguna, donde Roderic y Sybilla sellaron su pacto silencioso, y donde el rey Roderic vivió sus últimos días en paz.
- Terrenos adyacentes: Rutas de introspección y aprendizaje natural.

Territorios vecinos no regidos por reyes:

- Elthora: Región boscosa donde Árgenor vivió parte de su viaje.
- Elarindor: Valle de alturas estelares, refugio de sanadores.
- Arvenia: Tierra de montañas y meditación, hogar de la Garganta de Trel, donde nace el Río de la Espuma.

5. Región Sur: Nareth

"Donde el agua comienza el viaje y el mar recoge la historia."

Zona de comercio, partidas y horizontes abiertos.

Ríos y elementos geográficos:

- Río de la Espuma: Recorre Orfrán y desagua en el mar.
- Lago Mirelune: Punto de confluencia del Teryandel. Sus aguas bañan los límites de Orfrán, Velhoria y Nareth.
- Sierras de Ardovain: Marcan el ascenso hacia Ardoria.
- Montes Grises: Llegan hasta su extremo occidental.

Lugares destacados:

- Llanuras del Alba (bordea al norte): Cultura, nobleza y festividad.
- Costas del Mar de Nareth: Aún sin cartografiar del todo. Algunos lo llaman el "Mar del Espejo".

Fronteras y Reinos Vecinos

- **Norte**: Reino del Valle del Mediodía, reunificado bajo Fendrick.
- **Este**: Reino de Dorvalia.
- **Oeste**: Comunidades autónomas de Elthora, Elarindor y Arvenia.
- **Sur**: Mar de Nareth.

Epílogo del Anexo

Este anexo puede consultarse libremente a lo largo de la obra. Allí donde haya una piedra, un cruce o un bosque, hay también un sentido. El Reino de las Cuatro Torres vive en su gente, pero también en su geografía.

"Aquel que recorra el Reino de las Cuatro Torres no cruzará solo paisajes, sino también memorias, pactos y silencios."
— *Fragmento apócrifo del libro: Los Caminos del Reino*

"Conocer el Reino no es contar sus leguas, sino haber amado cada silencio entre sus torres."

— *Fragmento final del Códice de los Caminos*

Mapa del Reino de las Cuatro Torres

Montañas de Seryan

Colinas de Ordenia

Circo de Elthar

Telmar

Río Hinedil

Alturas de Valdeyn

Arroyo Elrin Lave

Sierras de Briven

Montañas Slares

Bosques de Luria

Ardoria

Laguna Vélindor

Arroyo Larion

Río Silmarel

Picos de Velhoria

Praderas de Lavial

Elthora

Río Teryandel

Monte Estelar

Elarindor

Tierras de Veyra

Campo del Fénix

Orfrán

Paso del Silencio

Velhoria

Llanuras del Alba

Río Aurenith

Montañas Doradas

Aryenia

Montes Grises

Minas de Ardoria

Lago Mirelune

Río de la Espuma

Nareth

Garganta de Trel

Sierras de Ardovain

Mar Nareth

EL REINO ANTES DEL REINO

Cada imperio tiene un amanecer, y cada leyenda, un origen. Mucho antes de las Cuatro Torres, un vasto continente se fragmentó bajo la sombra de la desunión. Fue entonces cuando, desde las tierras del sur, dos casas singulares, las de Árgenor y Fravién, comenzaron a trazar un nuevo destino.

Este volumen desvela cómo un puñado de hombres y mujeres, impulsados por la sabiduría, el servicio y la justicia, se atrevieron a soñar con un reino fundado no en la conquista, sino en la cooperación y el respeto mutuo. Acompaña a un joven Roderic en sus primeros pasos como líder, forjando su temple en batallas y consejos, y sé testigo de la gestación de una civilización que aprendería a levantarse de las cenizas..

Descubre los cimientos del Reino de las Cuatro Torres, donde la luz de los ancestros comenzó a forjarse con el trabajo, la palabra y la lealtad hacia la gente.

¿Qué verdades ocultas dieron forma a la herencia que lo cambió todo?

Gastón Ramiro Nagel

Nacido el 23 de septiembre de 1985 en Humberto 1º, Provincia Santa Fe (Argentina)

Estudios Universitarios

- Diplomatura universitaria en Enseñanza de Ajedrez Escolar en la Universidad Metropolitana para la Educación y el Trabajo (UMET)

Amante del saber y de la calma reflexiva.

Apasionado del ajedrez.

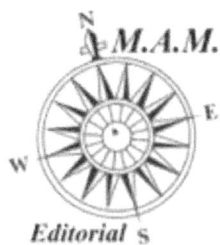

La Dirección Adecuada

Miguel Ángel Morra

Made in the USA
Columbia, SC
06 October 2025